密室から黒猫を取り出す方法

名探偵音野順の事件簿

北　山　猛　邦

理文庫

HOW TO TAKE THE BLACK CAT OUT FROM CLOSED ROOM

by

Kitayama Takekuni

2009

目次

密室から黒猫を取り出す方法　名探偵音野順の事件簿

密室から黒猫を取り出す方法

1

あとはこの扉さえ閉めれば密室の完成。

田野の計画した完全犯罪は最終局面を迎えていた。とあるホテルの一室。本館から離れた場所にあるこの部屋は現在客用には使用されておらず、めったに人も近づかない。時刻は深夜一時。部屋の天井からは憎い福中という男の屍体がぶら下がっている。首吊り屍体だ。

内臓脂肪で膨らんだ中年の身体を吊り上げるのには骨が折れた。しかし苦労した甲斐もあって、誰が見ても首吊り自殺に見える状況を作ることができた。屍体の真下には、いかにも男が自ら蹴飛ばしたかのような木箱がある。

屍体の首に残された縄の痕跡にも抜かりはない。重力がほぼ垂直に働く首吊り自殺の場合、首に残される痕跡も大きく縦に傾く。背後から絞殺した場合などは、縄の痕跡がほぼ水平に残されるため、自殺か絞殺かという見分けが容易にできる。もちろん田野がそういった知識を踏まえ、福中を吊り上げるように絞め殺したのはいうまでもない。

遺書も用意した。しかしこれは本当の遺書ではない。かつて仕事上のメモとして福中が書き残したものを、田野がこの日のために保管しておいたのだ。メモには「あとは頼む」とだけ書かれている。もう少し長い文章だったが、余計な部分は破り捨てた。これを屍体のポケットに入れておく。

福中という男には自殺するような理由がない。多額の借金もなければ、地位を失いかねないスキャンダルも隠し持っていない。企画部の部長という職にあり、それなりの給料をもらい、家に帰ればホームドラマのような仲良し家族が待っている。とても自殺するような状況ではない。

自殺偽装を企む田野としては、それでは困る。そのため田野は福中に関する暗い噂を職場に流布(るふ)させた。たとえば「精神科に通っているのを見た」とか「駅のホームで倒れそうになっていた」とか、ささいな嘘をまことしやかに広めた。それによって「表向きは順風満帆だが裏ではとても疲れている様子だった」という福中のイメージを社内に作り上げていった。

計画はすべて順調に動いている。

もう後戻りはできない。田野の目の前には、福中の屍体。実に憎い。本当ならば刺し殺すなり崖から突き落とすなりしてやりたいところだが、この男のためにこれ以上損な役回りをするのだけはごめんだ。福中は田野の作った企画をすべて横取りし、今の地位まで一人登りつめていった。約束された見返りは、一つも返ってこなかった。一方的に搾取(さくしゅ)されただけだったのだ。田野は福中を許せなかった。裏切った罪は重い。

だが、これですべて終わりだ。

これからこの部屋は密室となる。

福中が自分で中から施錠し、首を吊って自殺したという構図が完成する。

扉は今時珍しいカンヌキ錠である。扉の内側に備えられた横木を真横にスライドさせ、壁のフックに差し込んで施錠する。このカンヌキ錠があるからこそ、田野はこの部屋を殺人現場に選んだといっていい。カンヌキを利用し、密室を作る方法を思いついたのだ。今まで何かと理由をこじつけて、福中とともにこのホテルを出張先の宿として利用してきたのも、いずれこの部屋で密室殺人を行なうためであった。

では、いかにして密室を作るか。カンヌキは部屋の中からしか動かせない。一度部屋の外に出てカンヌキを操作しようとすれば、糸などを用いて操るしかないが、扉にはほとんど隙間がないため、せいぜい細い糸しか通せず、充分な操作ができない。カンヌキ錠の構造がしっかりしているので、ある程度の力でスライドさせないときちんと施錠されないようになっている。

そこで田野が考えたのはバネ——スプリングを使うことだった。

密室作成の原理は簡単だ。まず大きなスプリングを用意する。なかなかトリックに適合するスプリングが見つからなかったが、意外にも田野の自宅で利用しているベッドのスプリング・コイルが計画にちょうどよい大きさであった。

まずカンヌキを大きくスライドさせ、カンヌキ全体を扉の横へはみ出させる。カンヌキはまったく扉にかかっていない状態だ。この時点で扉の開け閉めは自由にできる。カンヌキは、壁についているフック——本来スライドさせたカンヌキを受け止めるところ——に一点で支えられている状態である。このカンヌキの先端——扉側ではない方——に、スプリングをあてがう。

扉が北にあり、西の方向に向かってカンヌキがはみ出している状態とすると、スプリングがあてがわれるのは西側の先端である。そして西の壁にスプリングのもう一端があてがわれる。スプリングはカンヌキと壁に挟まれて圧縮される。カンヌキを手放すと、スプリングの力によって、カンヌキそのものが東側へ飛ばされる形となる。(図参照)

わかりやすくいえばスプリングの反発力によってカンヌキをスライドさせるというトリックである。カンヌキは手で押さえている間はそのままだが、手を離すとスプリングの反動によりスライドする。これを利用するにはまず、扉を閉めるぎりぎりまでカンヌキを手で押さえておく。次に外に出て、ゆっくりと扉を閉める。いずれ手を離さなければならないが、その時には扉の側面がカンヌキを押さえている状態になる。扉がきちんと閉まると、カンヌキを押さえるものがなくなり、スプリングが発動する。カンヌキは勢いよくスライドし、見事に扉のフックにかかる。

田野は扉の内側から、このトリックを何度か試し、いずれも成功している。最後に部屋を出る前に、もう一度室内から練習してみたが、やはり成功した。もう問題はない。あとは外に出て、同じようにやるだけだ。

このトリックを行なった場合、部屋の中にスプリングが残ってしまう。だがこれも問題はない。

　扉の正面の壁に、この部屋唯一の窓がある。この窓は人の頭が通るか通らないか程度にしか開かない。これを最初に開けておく。この程度開いていても人間は通れないし、何よりこの部屋は三階に位置するので、密室性は揺るがない。厳密な意味での密室ではなくなるが、自殺の偽装においては充分だろう。

　あらかじめスプリングに紐を結びつけ、その紐の端を窓の外に垂らしておく。部屋を出た後、紐を外から引いて、スプリングを回収するというわけだ。

　完璧である。

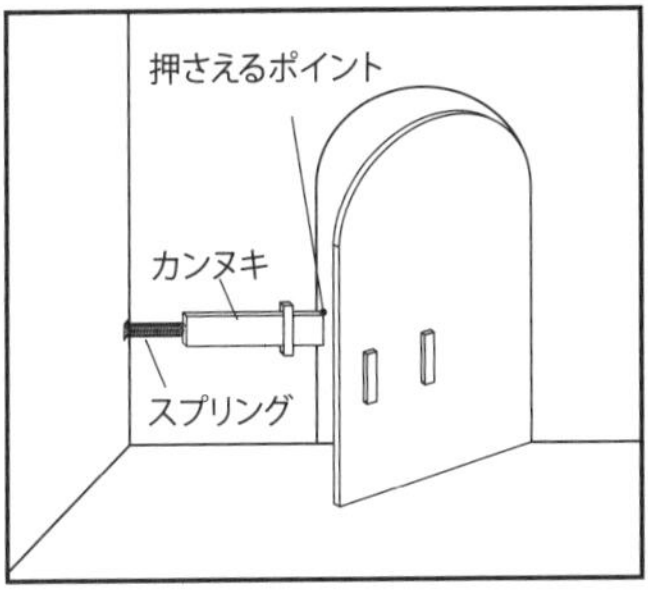

押さえるポイント
カンヌキ
スプリング

田野は部屋の中を見回す。チェックすべき事項を一つ一つ指差し確認していく。よし、すべて問題なし。

田野はいよいよ外に出た。右手でカンヌキを押さえている。

扉をゆっくりと閉める。

これを閉め切った時、密室が――完全犯罪が完成する。

ゆっくり……焦らず……

その時、田野の足元で何かが動いた。

それは滑らかな動きで田野をかわし、扉の隙間から部屋の中へするりと入っていってしまった。

まるで暗闇が形をなして蠢いたかのようだった。

それは扉の隙間の向こうで振り返った。

二つの目が光った。

一瞬の出来事に、田野はどうすることもできなかった。カンヌキから手を離すタイミングを見計らっている間に、何かがすり抜けて室内に入っていってしまったのだ。あっ、と思った時にはもうカンヌキから手が離れていた。その出来事に驚いて、焦りのあまり手を離してしまったのだ。スプリングのトリックが発動したことを知らせるかのように、部屋の中からがたごとと音が聞こえた。

今部屋に入っていったのは……黒猫？

そう、それは確かに猫だった。足音も立てず、しなやかに扉の隙間から密室へ侵入していったケモノ。猫以外に真似できるはずもない。

なんてことだ！

田野は扉を開けようとする。しかし皮肉なことに密室作成が完璧に成功していて、扉は開かなかった。鍵もない扉だ。もうどうしたって扉を開けることはできない。

田野のこめかみを冷や汗が流れていった。

猫！

計画を台無しにするつもりか！

田野は扉を揺さぶる。どうにもならない。この向こうに屍体と一緒に猫がいる。

どうしてこんなところに黒猫なんているんだ!?

いや、待てよ。

田野は思い直す。仮に密室に猫がいたとして、何の問題がある？　たまたま自殺の現場に迷い込んだだけ。そういうふうに解釈されるのではないか？　福中は猫の存在に気づかずに粛々（しゅくしゅく）と自らの首に縄をかけ……

いや、だめだ！

福中は猫嫌いなうえに、猫アレルギーなのだ。室内に猫がいれば敏感に反応するようなやつなのだ。以前、猫を飼っている同僚の家へ福中とともに遊びに行った時、福中はまだ姿さえ見せていない猫の存在を事前に察知したほどだ。

そんな男が、猫のいる部屋で自殺するか？

その点に警察が疑問を持ったら……

猫、猫、クソ猫！

ちくしょう！

このままでは完璧な犯罪が崩壊してしまう。

何とかしなければ。でもどうしたらいい？　密室の中の猫をどうやって外に出したらいいのだ？

田野は昔に読んだ古い犯罪小説を思い出していた。エドガー・アラン・ポーの『黒猫』だ。屍体と一緒に生きた黒猫を壁の向こうに閉じ込めてしまうという話だ。状況が似ている。

この場所ならひと気も少なく、たとえ黒猫がにゃあにゃあ鳴いたとしても気づかれにくいだろう。だがそういう問題ではない。せっかく作り上げた密室の中に、黒猫という異物が混じってしまったのが気に食わないし、気がかりだ。相手は動物、何をしでかすかわからない。

　ああ、密室の中に黒猫がいると思うと、不安で不安でならない。福中の自殺現場に猫が存在するということは致命的なミスなのだ。

　どうすればいい……

　田野はじっとしていられず、ひとまず階段を下り外へ向かった。周囲は真っ暗だ。ホテルを見上げると、ちらほら灯(あか)りのついている窓はあるが、誰かがこちらに注目している様子はない。大丈夫だ。

　田野が今出てきた別館は塔と呼ばれている。実際に円筒形の塔みたいな形をしており、数年前まではスイート・ルームとして利用されていたらしい。

　塔の三階の窓を見上げる。そこから紐が垂れている。凍るような冷たい風が紐をゆらゆら揺り動かしていた。紐の端は地面近くまで伸びている。

　黒猫のことを考えていても仕方ない。まずはスプリングを回収しなければ。

　田野は紐をゆっくりと引いた。

　スプリングをたぐり寄せる。

　しかし突然、紐が動かなくなる。

　何だ？

　つっかえるものなど何一つなかったはずだ。これも実験済みだ。成功しなかったことなど一度もない。障害になりそうなものは事前に排除しておいた。むしろカンヌキのトリックより、回収作業の方が数倍楽なのだ。何の問題もないはずなのだが……

数秒おいて、紐を引くと、手応えがある。大丈夫だ、紐をたぐり寄せられる。

ところがすぐにまた紐が止まる。今度は何かに引っ張られている感じさえする。

まさか。

まさかまさか！

猫か？　黒猫か？

動き出したスプリングをネズミか何かと勘違いして飛びついたのか？　あるいはおもちゃの類（たぐい）と思ってじゃれついたのか？

暗闇の中で、奇妙な動きをするスプリングに、興味津々（きょうみしんしん）で飛びつく猫の姿がありありと想像できた。

じゃれるんじゃない！

このままではまずい。

田野は急いで紐を引いた。そんなにやわな紐は使っていない。多少乱暴に引いても大丈夫だ。

しかし、相手も強い。

獲物に飛びついて放さない黒猫。

しばらく犯罪者と黒猫の間で、スプリングをめぐる攻防が繰り広げられた。

勝ったのは黒猫だった。

田野の手元に戻ってきた紐の先端には……何もなかった。田野は悔しさのあまり紐を握った拳を固くし、手のひらに爪を食い込ませた。憤怒によって小刻みに震える。

このやろう……

一体何処の猫だ。出てきたら絶対に殺してやる。出てきたら……頼むから出てきてくれ。

三階の窓の外には何のとっかかりもなく、また周囲に飛び移れるような足場はない。たとえ猫でもあの密室から脱出することは不可能だ。飛び下りるには高すぎる。

なんとか密室から猫を追い出す方法はないものか。あの猫は近所の飼い猫か？　飼い主が騒ぎ出すのが早いか、屍体が発見されるのが早いか。どちらにせよ、明日のチェックアウトの時刻には事件が発覚する。もともとそういうタイムスケジュールで動いていた。だが今、田野にとってそれは計画通りとはいえず、自らの破滅までの期限となってしまった。なんとかチェックアウトの時刻までに、あの猫を処理しなければ。

田野は塔の中に戻り、三階まで上った。しかし扉の前に立ったところで、できることは何もなかった。かつおぶしやまたたびで猫を誘導したところで、カンヌキを開けることなどできまい……

窓から猫を追い出すしかないだろうか。しかしどうやって？　たとえば田野自身がロープなどを用いて三階の窓まで行けたとしても、中にいる猫には手が出せない。窓はほとんど開かないようになっているので、網を使っても外からでは捕まえることすらままならないだろう。

手詰まりだ。

田野は一度自室へ戻って考えることにした。人の目に触れないように非常階段からホテル本館の自室へ戻る。

ベッドに横たわり、頭を働かせる。

密室から黒猫を取り出す方法。

密室を完成させるところまでは順調だったのに。なんということだ……

コーヒーで頭を覚醒させ、途方もない思考の迷路に迷い込む。迷路の先へどんどん逃げていく黒猫。追いかける田野。無理だ、どうしたって密室の黒猫を捕まえられない！

夜が明けていく。

チェックアウトの時刻は午前十一時。今は午前五時過ぎ。外はまだ寒く、空が明るくなるには早い時間だ。しかしいずれ密室にも日が射す。田野の犯罪が明るみに出る。もっとも犯罪という形ではなく、不幸な男の自殺という形で露見するはずなのだが。

田野と福中は本館のシングルの部屋を別々にとっている。午前十一時になればフロントから無人の福中の部屋へ電話がかかるだろう。不審に思ったホテルの人間が福中の部屋へ向かう。その頃、田野はフロントで上司が部屋にいないようだという話をしらじらしくする。それから塔の屍体が見つかるまではたして何時間かかるか。勘のいいホテルマンがいれば、正午過ぎには気づくか……

にゃあにゃあ。

にゃあにゃあ。

密室の中でスプリングにじゃれている黒猫……

田野ははっとして身体を起こす。

嫌な夢を見た。寝ている場合ではない。どうにかして猫を始末せねば。しかし殺人を犯した疲労から心も身体も麻痺し始めている。頭もまともに働かない……

次に目が覚めた時は午前十時だった。外は明るい。だが曇り空でどんよりとしている。田野はシャワーを浴びて素早く身支度を済ませ、フロントロビーへ向かった。チェックアウトを済ませ、ロビーのソファに座ってさも人を待っているかのようなふりをする。さりげなく自分の携帯電話から、福中の携帯電話へかけ、着信履歴を残しておく。

落ち着かない。黒猫はまだ密室にいる。もう後にはひけない。大丈夫、問題ない。福中は黒猫に気づかず自殺した、そういうシナリオを警察が勝手に作ってくれる。そうだ、そもそも福中が猫嫌いで猫アレルギーだったということさえ、警察は気づかないかもしれない。たまたま猫が現場に紛れ込んだだけ、そんなふうに警察は考えるのではないだろうか？

だが室内に残されたスプリングをどう説明する？　何故こんなところにスプリングが落ちているのか警察は疑問を抱くだろう。最初から室内にあったものだと勘違いしてくれるだろうか？　確かに室内には雑多な備品が幾つかあったが、スプリングもそんなものの一つだと思ってくれるだろうか？　スプリング一つ落ちていたからといって、密室トリックがすぐにばれるとは思わないが……

田野は自分に都合のいいように予測する。そうでもしなければ精神が保てそうになかった。

午前十一時を過ぎ、田野は一度福中の部屋へ向かう。そこに福中がいないことは知っているが、それを知らない自分を演じる。扉の前で首をひねって、福中がいないことを訝しむ。

田野はフロントへ戻り、福中の所在について尋ねた。

「福中様はまだチェックアウトしていらっしゃいませんが……」

そこへ別のフロント係がやってきて、こそこそと何かを云い合っている。

「福中様のお連れ様でございますか？」

フロント係が尋ねてくる。田野は肯き、福中の不在を伝えた。そしてその場で携帯電話を取り出し、会社に電話をかけて福中について尋ねる。当然、特に連絡はないという返事だった。

「部屋に荷物が残されていますので、まだ出発されていないと思いますが……」

フロント係は次第に怪訝な顔つきになっていく。トラブル発生の予兆を感じているのだろう。

「何処かに出かけるという話は聞いていないので、そのへんにいるんじゃないかと思うんですが……とりあえず部屋の方はチェックアウトしておいてください。代わりに私が荷物を受け取りますので」

「了解いたしました」

とりあえず予定通りだ。

「私はそこのソファで彼を待つことにします。もし何処かで見かけたら、ロビーに来るように伝えてもらえますか？」

「ええ、わかりました。一応館内放送も使えますが、福中様をお呼び出しなさいますか？」

「あ、いや……じゃあ一時間待って現れないようならお願いします」

「了解いたしました」

それから一時間、田野は方々へ電話をかける。もちろん福中の所在を確認する電話だ。

一時間後に館内放送が流れたが、福中は現れない。いよいよホテルの従業員たちがただならぬ事態に慌て始める。

「福中様は持病などございませんでしたか？　病気で何処かで倒れられている可能性もございます。現在従業員全員で福中様を探しております」

「ありがとうございます。私も電話でもう一度会社や同僚に確認をとってみます」

そろそろ誰かが塔へ向かう頃だろうか。

田野は不安な表情でソファに座る。不安なのは演技ではない。福中の屍体が見つかるのも時間の問題。さあ、始まるぞ。

黒猫……忘れかけていたが、けっして忘れられない存在だ。はたして黒猫はどうなっただろう。

ホテルの従業員たちがばたばたと何処かへ消えていく。宿泊客はもう皆出払った。いっとき、ロビーが無人となり、静まり返る。

にゃあ。

猫の鳴き声を聞いた。

幻聴か……そう自嘲しようとしたが、田野は思い留(とど)まる。

本当に幻聴か？

大理石のタイルが張られた柱の向こうを、悠然と黒猫が通り過ぎた。

今のは！

田野は走って黒猫を追った。トイレの前を走り抜け、細長い廊下に出る。

黒猫はいない。

しかしそこに、真っ黒な服を着た少女が立っていた。短めの髪に、白い肌の女の子。女の子は田野を一瞥(いちべつ)し、つまらないものでも見たかのように無愛想な顔つきで去っていってしまった。

宿泊客か……？

それより黒猫は？

しばらく周囲を探したが、黒猫は見当たらなかった。でも確かに見た。ロビーを小走りで横切る黒猫の姿を。

あれは塔の中にいた黒猫なのか？　いや、そんなはずはない。密室から黒猫が出られるはずがない。猫とはいえ、三階の窓から飛び下りることはできないだろう。どうしたって黒猫は密室から出られないのだ。

あるいはもう一匹別の黒猫がいたというだけの話か。それはあり得る。しかし黒猫がホテルの中を二匹もうろついているという状況は、あまり考えられない。

もしかしてもう密室が暴かれ、福中の屍体が発見され、黒猫が外に脱出できたのか？

首を傾(かし)げながらロビーに戻ると、そこへフロント係が血相を変えてやってきた。

「福中様は別館のことをご存知のようでしたか？」

「別館？　あの塔みたいな？」田野はとぼける。「通りすがりに何度も見ているので、知らないことはないと思いますが……何かあったんですか？」

「普段は使わない部屋の中に、誰かがいるみたいなんです。中から鍵がかけられていて」

「合鍵とかはないんですか？」

「それが、中からしか開けられないようになっていまして……今、外から声をかけているのですが、反応がありません。中に誰かがいることは、確かだと思うのですが」

まだ密室は暴かれていなかったか。ということはやはり、さっきの黒猫はただの幻覚か、あるいは別の猫だろうか。

「今、従業員たちで扉を壊しているところです」

「扉を壊す？　そこまでするんですか？」

「もし中で福中様が倒れられていたら一刻を争いますから」

そこへ従業員の一人が青ざめた顔で駆けつけてくる。

「大変です！　お客様が……」

首を吊って亡くなっています。

小声でそう云う。

——こうして密室殺人を試みた田野の最悪な一日は折り返し地点を迎えた。

2

音野探偵事務所はとあるマンションの二階にある。見た目には他の一般家庭の住まう部屋と何ら変わりないのだが、扉に探偵事務所の名を記した怪しげなプレートが貼り付けられている。最近困ったことに近所の子供たちがこれを悪戯して剝がしていく。対抗策として、幾らでも剝がせるようにプレートを十枚近く増やして扉のあちこちに貼り付けていたら、住民たちから気味悪がられて、マンションの管理をしている人間から警告のような文書が送られてきた。まだまだ探偵業に対する世間の風当たりは厳しいらしい。

この事務所には音野順という探偵が住んでいる。私の大学時代からの友人である。我々は大学を卒業してから、二人とも就職もせず、数年の猶予期間を過ごした後に探偵事務所を開設することにした。とはいえ、私は当時からミステリ作家としてすでにデビューしており、そちらを本職としているため、探偵業務においては完全に裏方、助手として活動している。ちなみに私の書くミステリ小説に出てくる探偵は、音野順がモデルである。

小説の中の音野順は明朗快活な好青年、彼が笑えば草木も笑うといったみんなの人気者で、もちろん犯人を追い詰める推理力にも優れる。

実際の音野順はといえば……推理力以外はすべて正反対のパーソナリティを有する。ひきこもりで何事にも自信がなく、草木の陰のひんやりした場所に生える苔のごとし。太陽にさらされる自信すらないようだ。それなので大抵は一人ぼっちでこそこそしていることが多いのだが、最近は探偵として活躍することで、自分の立場というものを自覚し始めているかのようである。謎を解いている時、推理をしている時、トリックを説明する時、音野は少しだけ背筋がまっすぐになる。これはいい傾向ではないだろうか。

もうすぐ冬も終わりという頃、低気圧が空に忍び寄り、地上の気温が一気に下がった。それは朝から凍えるように寒い日のこと。私は早朝に探偵事務所を訪れた。

音野はまだ寝ているようだった。私が部屋に入っても反応がない。音野は私が仕事場として利用している部屋のソファで寝ていた。毛布を頭まで被り猫のように丸まっている。いつもなら私の気配を敏感に察知し、飛び起きているところだが、今日は珍しくぐっすりと眠っているようだ。昨夜は趣味のドミノにでも熱中していたのだろうか。

しめしめ……普段はめったに使わないそんな言葉を胸の内で呟く。私は早速、持参したとっておきのアイテムを音野の傍の床に置いた。

トースターだ。ポップアップタイプという、銀色の箱型で上部にスリットのある由緒正しいトースターである。食パンを差し入れてスイッチを下げると、後は自動的に焼きあがり、チンという音とともにパンが飛び出す。実は私は前からこれが欲しくて、探していたのだ。近所の古ぼけた骨董屋で発見し、一万円を払って買った。

私は近所のコンビニで買ってきた食パンを音野のすぐ横で焼き始めた。

いい香りが漂い始める。焼けてる焼けてる……

チン！

音野がはっとして身体を起こし、寝ぼけてトースターを目覚し時計と勘違いしたのか、飛び出したパンをボタンのように手で叩いて押し戻した。

「あちっ」

音野はびっくりして手を戻す。

「おい、大丈夫か」

私は思わず吹き出しながら云う。

「パ……パン？」

「朝食だぞ！」

「あ、ありがとう」音野はまだ何が何だかわからないようだ。「どうしたの白瀬(しらせ)、今日は早いね」

「ほら、阿照(あでり)さんところの猫探し、今日行く約束だっただろ」

「猫……探し……」

「ホテル内に頻繁(ひんぱん)に出没する黒猫を捕まえてくれって話だよ」

「あ……うん……」

「行きたくなさそうだな」

「だって俺、猫探しなんてしたことないよ」

「私もない」私は肩を竦めた。「でもそんなに気を張る必要はないさ。相手は猫だ。殺人犯を追っかけるより猫を追っかけていた方が楽だし健全だろ」

「猫は嫌だなぁ」

「嫌いなのか？　意外だな」

「どうしてかわからないけど、どんな猫も嫌そうな顔で俺のこと見て去っていくんだ……」

「気のせいだ」私は笑いをこらえながら云う。「ま、どっちにしろ殺人事件なんかよりずっと気が楽だ。今回は無報酬だけど、大学時代に阿照先輩にはお世話になったんだから、恩返しだと思って」

阿照先輩は大学時代にはもう親から家業のホテルを引き継いでいた。卒業後すぐに美人の奥さんと結婚。三ヵ月後、奥さんと連れ子の女の子を残し、自動車事故により他界。現在、アデリーホテルは未亡人がオーナーとなっている。

彼女、阿照葵さんとは結婚する前からの知り合いである。在学中に、阿照先輩が私に紹介してくれたのだ。そんな繋がりもあり、ホテルの猫騒動について私に相談してきたというわけだ。

葵さんの話によると、ホテルの中で度々黒猫が目撃されていて、客から苦情があるらしい。しかし従業員たちが幾ら探しても見つからない。見つけても追いかけると姿を消す。しばらくするとまた目撃情報が出てくる。どうもホテル内の何処かに棲み着いているのではないか、というのだが。

「黒猫って、不吉な象徴にされるよね」音野は立ち上がってインスタント・コーヒーをいれに行った。「ただ真っ黒だっていうだけで……かわいそうだ」

「ホテルに出没する猫もとびっきりかわいいシャム猫だったら、状況は違っていたかもな。これが猫の格差社会ってやつだな。しかしその黒猫、ただの黒猫じゃないらしいんだ」

「ふうん」

「アデリーホテルには塔と呼ばれる別館があるんだ。これは本館から独立して建っていて、特別室が設けられている。といっても、今はもう利用されていなくて、中身はからっぽらしい。そんでこの塔は三階建てで、三階には一部屋だけあるらしい。ある日ホテルの従業員が黒猫を追いかけて、ついに塔の中へ追い込むことに成功した。塔の中は行き止まりだから、そこに追い込めば捕まえられると考えたんだろう。案の定、猫は三階まで階段を駆け上がっていく。従業員たちは息をひそめて猫を追い詰めた。ところが三階の部屋に入ってみると、猫の姿がない。部屋の中には逃げ場も隠れる場所もない。猫とはすれ違っていないし、まして窓から飛び下りた様子もない。いくら猫だって、その高さじゃ怪我するし、下手したら死ぬからね」

「猫が消えた？」

「そういうことになるな。しかもそれだけじゃない。その従業員たちが首を傾げながら塔を出ると、目の前の本館の窓が開き、別の従業員が声を上げたんだ。『今ここを黒猫が通り抜けたぞ、そっちに追い詰めたんじゃないのか？』って。まるで猫が塔から本館へ瞬間移動したみたいだろ？」

「そんなまさか」

音野はコーヒーを片手に焼きあがったばかりのパンをもそもそと食べながら云った。

私も真似をして早速パンを食べる。絶妙な焼きあがりだ。コンビニの食パンも喫茶店のモーニングメニューのように味わいが出る。一万円も出してトースターを買った甲斐があるというもの。

私はさらに食パンを二枚、トースターに突っ込む。

「それ白瀬食べるの？」

「いや……もういらないんだが、ついつい楽しくて。音野食べるか？」

「一枚で充分」

「それならサンドイッチにでもして持っていくといい。なんなら夕食も焼いてやろうか？」

「も、もういいよ」

「遠慮するなって」

パンがじっくりと焼きあがっていく。

チン！

「あれ、おかしいな、まだちょっと早いぞ」

「壊れてる？」

音野がトースターを覗き込む。

チン！

その音に音野がびっくりする。

「何だこれ。もう一度スイッチ入れよう」

私はトースターの横にあるスイッチを押し下げ、
チン！

「やっぱり壊れてる！」

「待て、一万円もしたんだぞ。『英国貴族が使っていたトースター』って書いてあったのに壊れているはずがない。確かにアンティークに紛れて売っていたものだが……」私はおそるおそるスイッチを下げる。「……ほら、大丈夫だ。話を黒猫に戻そう」

「何だっけ」

「黒猫の瞬間移動」

「ああ……それなら……同じような黒猫がホテルに二匹いたんじゃないの？」

「まあそう考えるのが妥当だよな。猫なんて同じ色してたらなかなか見分けがつかない。飼い主でもない限り。でも塔の中から消えたのはどう説明する？」

「猫しか知らない抜け道があるとか」

「抜け道か。それはミステリ的にはアウトだな」

「猫的にはセーフ」

「でも興味深い話ではあるだろ？」

「し、白瀬……なんか焦げくさいんだけど……」

私は慌ててトースターのプラグを引き抜いた。パンを取り出してみると、見事に真っ黒に焦げていた。

「これが英国貴族のパンか……」

「猫探し……俺、行くよ……」

不良トースターに意気消沈している私をはげますつもりか、音野はそう云った。

「そうか。よく云った音野。儲かる話じゃないが、阿照先輩には借りがあるし、消える猫の謎も小説の取材の一環だと思えば意義があるってもんさ。たとえ地味な仕事でもね」

基本的に私は前向きで楽観的な性格である。


我々は自動車でアデリーホテルへ向かった。

私が貧乏な学生時代を過ごしていた頃、阿照先輩はよく食事をおごってくれたり、差し入れをしてくれたりした。心の広い人で、私とは比べるべくもなく、すべてにおいて優れた人だった。この世から去る時もあまりに突然すぎて、すがすがしさすら感じた。もちろん死にすがすがしいことなんて一つもないけれど。遺された葵さんのことを考えると、いたたまれない。ささいなことでもいいから葵さんの力になれればいいと私は思う。

アデリーホテルは山の上の小さなホテルである。外観は洋館風だ。その姿が山霞の中にぼんやりと沈んで見える日には、宿泊客の誰もが童話の世界に迷い込んだと錯覚するだろう。

時刻は午後一時をやや過ぎた頃。チェックインの時刻にはまだ少し早いので、ホテルも空いていることだろう。そう思いながら駐車場へ進むと、意外にもたくさんの車輛がスペースを埋めている。

「し、し、白瀬」

音野が指差した先には、音野の天敵である警察車輛が二台ほど並んで停められていた。他の自動車もよく見ると警察関係の車輛らしい。

「このパターンは……例によって何かあったみたいだな」

「いる……絶対いる！　白瀬、帰ろう」

音野は急に慌て始めた。

「待て、葵さんに何かあったとしたら大変だ」

「そ、そうか……そうだね」

音野はしゅんとする。

「急ごう」

私は自動車を停め、建物へと急いだ。鑑識課と思われる人間と何度かすれ違う。

嫌な予感がする。まさか葵さんが……

我々はフロントロビーに駆け込んだ。

「あっ」

と五人くらい同時に、声を上げる。

まずは阿照葵さん。小柄な美人だ。

「白瀬さん！　来てくださったんですね！」

そして彼女の向かいには岩飛警部。県警の殺人課刑事だ。人というよりは熊に近い生物である。

「てめえら！　来やがったな！」

「さすが名探偵！　もう事件を嗅ぎつけたのですか！」

もう一人、彼の部下である笛有刑事。まだまだ若い新入り刑事で、探偵小説好きの探偵シンパである。

他に声を上げたのは私と音野。とりあえずいろんな驚きを込めて声を上げたのだが、一体何が起こっているというのだろう？

ちなみに音野はすでに逃げ腰である。岩飛警部と音野は熊と子リスの仲だ。熊はいつでも一口で子リスを噛み砕けるのだが、すぐにそうはせずにもてあそぶ。子リスはぶるぶる震えながら逃げ回る。

「何かあったみたいですね」

「お前ら警察無線でも盗聴してんのか？　よくもまあこんなタイミングでしらじらしく現れやがったな」

「偶然ですよ。そちらの葵さんから猫探しの依頼を受けていて……」

私は釈明するように云う。

「猫探しだぁ？」

「はい、そうなんです、そうなんです」葵さんは申し訳なさそうに頭を下げた。「ホテル内で度々黒猫が目撃されているので、もしかしたら何処かに棲み着いているのかもしれないと思って……探偵さんたちにお願いして探し出してもらおうと考えたのです。それで今日お会いして、詳しい話をする予定でした」

「葵さん、何があったんです？」

岩飛警部に尋ねてもはぐらかされると考え、私は葵さんに尋ねた。

「宿泊されていたお客様が、ゆうべ亡くなったのです」

「殺人事件ですか？」

「いえ、それが……」

「自殺だよ」岩飛警部が面倒くさそうに云う。「事件じゃねえから、お前らに用はねぇぞ」

今回は猫探しだけの平和な話で終わるかと思いきや、思わぬ方向に展開し始めている。

「まあよくあるケースだ。旅先の宿で自殺する人間は、世の中に何人もいる。ホテル側にとっちゃ迷惑な話だが」

「本当に自殺なんですか？」

「おいおい、不謹慎な発言はよせ。自殺した野郎に失礼だろ。やつは立派にやり遂げたんだぜ」

「立派に……ですか」

「警部、一応名探偵さんたちに現場を見てもらった方がいいのではありませんか？」笛有刑事が横から口を挟んだ。「もしかしたら不審な点が見つかるかも……」

「ふざけたこと云ってんじゃねえぞ」岩飛警部が笛有刑事の胸倉を摑む。「名探偵だ？　そんなもん何処にいんだよ。ミジンコ面したこのゴボウ野郎のことか？　いいか、今、この時点で、この場所は、俺の王国だ。俺が決断し、俺が指図する。お前は黙って俺について回ってればいいんだよ。余計なことを云うな」

「は、はいっ、すみませんでした！」

「で、現場はどちらなんですか？」

やりあってる二人の刑事をよそに、私は葵さんに尋ねる。

「実は、以前にもお話ししたことがありますが……現場は別館の塔なんです」

「ああ、黒猫が消えたという？」

「そうです。まさに黒猫が消えた三階の部屋で、お客様が亡くなっていたそうです」

「奇妙な暗合ですね……黒猫が消える部屋で自殺する客。これは何かあるかもしれませんよ」

「おい、クソ作家、一人で盛り上がってるんじゃねえよ」岩飛警部が我々の方へ近づいてくる。

「黒猫が消える？　何の話だ？」

「それはこっちの件ですよ。猫探しの。聞いた話では、塔の三階の部屋で追い詰めたはずの黒猫が消えていなくなったんだそうです」

「どっかに抜け道でもあるんじゃないのか」

「調べたんですか？」

「さあ、鑑識がやってんだろ」

「警部、刑事の勘というやつで、何か感じませんか？　黒猫消失の件と、自殺の件を比べて……」

「刑事の勘か」実は岩飛警部がこの言葉を好きなのを私は知っている。「万が一抜け道があるとすれば、状況は変わってくる。自殺はカンヌキのかけられた部屋の中で行なわれていた。どう考えても中から人がスライドさせなければ施錠できないような代物だ。だが抜け道があるなら、扉を施錠したままでも第三者が出入りできることになる。そうなるとただの自殺と見過ごすわけにはいかなくなってくるな」

「抜け道ですか」私はあらためて葵さんの方を見る。「塔に抜け道や秘密の出入り口などがあるんですか？」

「いえ、ありません、ありません」葵さんは驚いた様子で二度繰り返す。「見てもらえばわかると思いますけど、秘密の入り口などを設けるスペースは何処にも、まったくございません」

「確かに三階の部屋を見た限り、抜け道などあるようには見えませんでしたね」

笛有刑事が手帳を開きながら云う。

「ところで、さっき警部が云ってましたが、塔の部屋の扉は中から施錠されていたんですね？他の出入り口はどうなんです？　たとえば窓は」

「窓は開いたままになっていたが、開くのはせいぜい二十センチ程度。とてもじゃないが出入りは不可能だ」

密室状態といってもよさそうだ。

「ところで自殺というのは、どのような手段で？」

「首吊りです」

笛有刑事が答える。

「もし首吊り自殺に偽装した殺人であれば、すぐにわかるんじゃないですか？」

「ええ、ですが今回のケースにおいては、首に残された痕跡に不自然な点はありませんでした。たとえば抵抗してできた引っかき傷、二重にできたロープの痕跡など、明らかに不審な点は見当たりません」

「遺書などは？」

「遺体のポケットからそれらしきメモが発見されました。でも遺書と呼べるかどうかはちょっと疑問であります」笛有刑事は背広の胸ポケットからデジタルカメラを取り出し、撮影した遺留品を液晶画面で見せてくれた。「これです。『あとは頼む』と書かれていました。メモの現物はすでに鑑識が持っていってしまいました」

「おい、余計なことしてんじゃねえぞ」

岩飛警部がデジタルカメラを取り上げ、背後へ向かって放り投げた。

「ああっ！」

宙を舞うデジタルカメラを追って笛有刑事が走り出す。ダイビングキャッチ！　なんとかデジタルカメラは守られたようだ。

「今、現場では鑑識が動き回ってる。あと二、三時間かかるだろう」岩飛警部が私に向き直って云う。「連中がいなくなったら、お前らにも一度現場を見せてやるよ。もし自殺ではなく殺人だとしたら、これは警察に対する挑戦だからな。警察を侮辱する人間を放ってはおけない。ま、しばらくお前らは猫とでも遊んでろ」

「おや、鬼警部がどういった心境の変化で……」

「俺はこう見えても計算のできる男だ。利用できるものは利用する。たとえ名探偵だろうとな」

そう云って突き刺すような視線で音野を見遣（みや）る。それまで黙ったまま硬直していた音野は、その視線によってついに石と化してしまったかのように、すっかり固まってしまった。

自殺の件で忘れてしまいそうになったが、思い返せば我々の仕事は黒猫を探すことだった。とりあえずは岩飛警部の云う通り、本分をまっとうすることにしよう。

3

私と音野は葵さんに連れられて事務室へ足を運んだ。

「あれからもう落ち着かれましたか？」

私は差し出された緑茶をすすりながら尋ねた。冷えた身体に熱いお茶がしみわたる。

「彼がいなくなってからもう何年か過ぎましたからね……さすがに最初は大変でしたけど、慣れました」

「それはよかったです。私は阿照先輩にはいつもお世話になっていたので、今度は私が恩返しする番です。困ったことがあったら何でも云ってください」

「はい、ありがとうございます」

「あ、あの……俺……ぼくも力になります……アチッ」

音野が熱い緑茶に舌をやけどさせながら云った。

「名探偵さんにそう云ってもらえると、とても心強いです」

「自殺騒ぎとは、災難でしたね」

「まさか私のホテルでこんなことが起きるとは思いませんでした。亡くなられたお客さまは常連さんで、よくこちらに足を運んでいただいていたみたいです。私は裏方仕事が多いのでお客さまの顔まで覚えていないのですが、フロント係の中には、亡くなられた方のことを覚えている者も何人かいました」

「何度か宿泊経験があるのですね」私は腕組みしながら椅子の背もたれに寄りかかる。「とりあえず自殺騒ぎについては置いておきましょうか。こんな時に聞くのも何ですが、黒猫について……」

「ええ、お話しいたします。といっても、もうあまりお話しすることもないのですが」

「葵さんは、黒猫を見たことがあるのですか？」

「私はありません。でも従業員のほとんどは見たそうです」

「いつ頃から黒猫の目撃情報が？」

「ちょうど一年くらい前からですね」

「どのくらいの頻度で?」

「お客様からの声では、まあひと月に一度あるかないかといった程度です。従業員が目撃する頻度はもっと多いです」

「昼夜問わず?」

「ええ、そのように聞いています」

「建物の戸締りは?」

「正面玄関の自動扉は二十四時間稼動させています。けれど……猫は自動扉を通って出入りできるものでしょうか。私にはよくわかりませんが……」

「音野、猫って自動扉を反応させられるのか?」

「少なくとも……玄関の自動扉は無理……だと思う」

「でも猫単独で出入りできなくても、誰かにひっついて自動扉をくぐれば問題ないですね。いずれにしても正面から黒猫が堂々と出入りしているとは思えないけれど。誰だって気づきますからね」

もしそんな猫がいるとすれば、なかなか面白い。

「裏口などに関しては、戸締りをしていますので、黒猫が勝手に入ってくるというようなことはないと思います」

「気分を悪くされたら申し訳ないのですが……」私は慎重に前置きする。「従業員の誰かがこっそりと黒猫を飼っている可能性はありませんか?」

「その可能性については、当然私も考えました。けれど何人かに尋ねてみても、皆一様に知らないと云うばかりで……」

ホテルのオーナーである葵さんに対して嘘を云うとは思えない。いや、逆にオーナーだからこそ発覚した時の罰を恐れて隠し通そうとするだろうか。しかし葵さんがそんな心の狭いオーナーとは思えないが。葵さんは優しくて実に面倒見のいい女性である。

「音野はどう思う?」

「うん……誰かが黒猫を建物の中へ通しているのは確かだと思う……」

「ふむ、黒猫と密通しているのは誰かという問題になってきたな」

「やっぱり従業員の誰かということかしら?」

「そうだと思います」

「それなら名乗り出てくれればいいのに」葵さんは長いまつげを伏せて俯く。「別に悪いことではないのですから……」

「一度通告してみるのもいいかもしれませんね。『黒猫を飼っている者は名乗り出てください』と」

「でも……今さらもう名乗りづらいのかもしれません。私としましても、あまり大事にはせずに、穏便に済ませたいのです。できれば、黒猫騒ぎなんていうのもあったなあ、としみじみ振り返ることができる程度に」

「さすがに葵さんは優しいですね。我々はできる限り依頼人の要望にお応えします」

「頼もしいです」

「黒猫が目撃されるようになったのは一年くらい前からということですが、その頃にこのホテルで何らかの変化はありましたか？」

「変化……そうですね……」葵さんは首を傾げる。「私の娘がこのホテルに住むようになったのがちょうど一年くらい前だから、その頃といえば……」

「ちょっと待ってください、娘さんがこのホテルに住んでいるんですか？」

「はい、私一人では仕事が忙しくて構ってやれないので、ホテルに住まわせて、従業員たちに面倒を見てもらっているのです」

「娘さんて、確か歳は……」

「今年で十歳です」

「ホテルの部屋に住んでいるんですか？」

「ええ、まあこのホテルは我が家みたいなものですから、当たり前といえば当たり前なのですが……」

「娘さん、お名前は何でしたっけ」

「千里（ちさと）です」

「今もいらっしゃいますか？」

「部屋にいると思いますが……」

「ちょっと挨拶してきても構いませんか？」

「ええ、どうぞ。こちらへ呼びましょうか？」

　腰を浮かしかけた葵さんを制し、私と音野は席を立った。

「部屋を教えてもらえれば我々だけで大丈夫です」

「娘の部屋は三〇三号室です」葵さんはそう云ってにわかに声をひそめた。「実は……娘は最近学校に通っていないんです。登校拒否というか、ひきこもりというか……」

「ひきこもりならここに仲間がいますよ」と、音野を指差す。「我々に任せてください。それでは千里ちゃんに挨拶してきます」

　我々は事務室を後にした。

　フロントロビーにはまだ鑑識課の者たちがうろついている。現場での作業はまだ終わっていないようだ。

「まだ想像の域を出ないが……」私は云う。「千里ちゃんが黒猫をこっそり飼っているんじゃないだろうか？」

「うん……」

　音野は静かに肯く。

「葵さん、意外と鈍感なんだな。従業員たちが黒猫をかくまっているのでないとすれば、残りは娘しかいないと思うんだが……おっとりしすぎなのか、それともホテル経営に忙しくてそこまで頭が回らないのか」

　そのどちらも、という可能性は高い。夫に先立たれ、遺されたホテルを潰すまいと必死に働いてきた葵さんの姿を私は知っている。

「このぶんだと黒猫騒動の方はすぐに解決できそうだな。自殺の件については、我々にはほとんど関係ない出来事だし」

「そうかな……？」

「気になるか？」

「猫の問題がね。猫が消えたり、瞬間移動したりするという話が……」

「それは従業員たちの勘違いじゃないか？」

そんな会話をしながら我々は階段を上り、三〇三号室を目指す。目的の部屋は三階の廊下の一番奥にあった。

廊下を歩いている際に、窓に目をやると、すぐそこに塔があることに気づいた。目と鼻の先である。こちら側は三階なので、ちょうど同じ高さのところに塔の三階の窓が見える。なるほど、塔の窓はレバーを上げ下げして扉のように押し開くタイプだ。現在も開いたままになっているが、確かに人間のくぐれる隙間はなさそうだ。梯子(はしご)やロープを用いたとしても、窓からの出入りは不可能だろう。ちなみにここからでは室内の様子はほとんど見えない。

我々の立っている本館から、塔までの距離はだいたい三メートルくらいだろうか。さすがにこちらからあちらへ飛び移ることは難しそうだ。それは猫の跳躍力をもってしても無理だ。

三〇三号室の前に立つ。扉をノックしたが、反応はない。ひきこもりがそう簡単に出てくるとも思えないが……

「白瀬、あれ」

音野が窓の外を指差す。雪がかすかに残る地面の向こうに、真っ黒なダッフルコートを着た女の子が立っている。女の子の目の前には小屋。女の子は黄色と黒で編まれたタイガーロープを手に、うろうろと歩き回っている。

「あの子、千里ちゃんだな」

「何してるんだろう？」

千里の足元には木材が転がっている。暖房などに使う薪（まき）だろうか。小屋の脇には太い丸太の棒が積み上げられている。

ふいに千里がこちらを見上げた。視線に感づいたのだろうか。

目が合う。

千里はロープを投げ捨てて、その場から走り去った。

「行ってみるか」

我々は小走りに階段を下りて、すぐ傍の非常口から外に出た。冷たい風が頬を刺す。ややぬかるんだ地面を蹴って、さきほどまで千里が立っていた辺りにたどり着いた。

音野が屈み込んで、足元で丸まっているロープを手に取った。

「このロープは……」

「随分長いな。千里ちゃん、こんなもの持って何をしていたんだろう」

私は小屋の戸を勝手に開けて中を調べた。雪かきに使うスコップや、何かを運ぶための一輪車、薪割り用の斧、他にも物干し竿や、何に使うのかよくわからない網などがしまわれていた。

ロープは千里が倉庫から引っ張り出してきたものだろうか。

「こっちの丸太は？」

「薪に使うんじゃないか？」

「ふうん……」

直径二十センチ弱の丸太が数本。表面が薄く凍っている。木材にしみ込んだ水気が凍ったのだろうか。今日の気温では、氷も溶けづらいだろう。

私はふいに視線を感じて、本館の窓を素早く見上げた。

廊下の窓から千里がこちらを覗いていた。さっきとはちょうど立場が逆だ。

「音野、走るぞ」

「えっ？」

私は非常口から中に飛び込み、階段を駆け上がった。すぐに三階にたどりつく。

廊下の先、一番奥の部屋の扉が、今まさに閉められる瞬間を目撃した。いる。彼女は部屋の中にいる。

「千里ちゃん！」

私は走りながら彼女を呼んだ。

「私のことを覚えているかな？　前に一度だけ会ったことがある」私は三〇三号室の扉の前で立ち止まった。「君のお父さんの友だちだよ。私は千里ちゃんのことをよく覚えてる」

少し変わった子だった。聡明で、用心深そうな子だった。彼女は阿照先輩の遺伝子を引き継いでいない。けれど阿照先輩とよく似ていた。

扉がわずかに開いた。その向こうに少女のおびえたような目がある。

「大丈夫、君の黒猫を奪ったりしない」

私ははっきりとした口調で云った。

「君の黒猫の名前は何ていうの?」

しばらくの沈黙。

「——どうじぎり。どうちゃん」

「どうちゃん、今いるの?」

「いる」

「そこからでいいから、どうちゃんの顔だけ見せてくれる?」

少女の姿が消える。一時扉が閉まる。そしてすぐに扉が細く開き、黒猫が顔を見せた。なかなか精悍(せいかん)な顔つきをした黒猫だ。オス猫だろうか。少女の腕に大人しく抱かれている。

「ありがとう。どうちゃんを大事にするんだよ」

少女が肯く。

黒猫は彼女の友だちだったのだ。

はたして黒猫は何処からやってきたのだろうか。おそらく野良猫だろう。もしかしたら黒猫も千里と同じような境遇なのかもしれない——そう思うのはロマンチシズムが過ぎるだろうか。

ところで音野がいない。

「白瀬……助けて……」

窓の下、非常口の辺りに、身体中にタイガーロープを絡みつかせた異様な男がうろついている。音野だ。どうやったらあんなふうに絡まることができるのだろう。

「何やってんだよ」

私が呆れて窓から見下ろしていると、いつの間にか隣に千里が来て、私と同じように窓の下を眺めていた。そしてそこにいるロープ怪人を見るなり、千里は「呆れた」とでも云うかのように、口元に微かな笑み——しかも冷笑といった感じの——を浮かべた。十歳にしてなかなか女王様の風格が漂っているではないか。

私は急いで階段を下り、非常口を開けて音野に絡みついているロープを解いてやった。

「せっかく黒猫を見つけたのに、何やってるんだ」

「ごめん……ちょっと思いついたことが……あって……」

「思いついたこと?」

「あれ」音野は塔の三階にある窓を示す。「そしてこれ」

足元のロープ。

「いや、ロープを使ったところで、あの窓からは誰も出入りできないし……」

「人は出入りできないけど、猫なら……」

「ああ！」

私は再び窓を見上げる。確かに猫が通り抜けられるくらいの隙間はあるが。

「でも無理だろ、あの高さじゃ、猫はびびって飛び下りられない。それにロープを使ったところで猫が綱渡りできるわけでもあるまい」

「あれ」

音野は次に丸太を指差した。

「丸太……まさか丸太を塔の窓と本館の窓に渡して橋にしようっていうのか？　無理無理、長い丸太でもせいぜい一メートルくらいしかないし、第一、猫が丸太橋を渡ると思うか？　そんな危険な橋を進んで渡るとは思えないな」

「違うよ……でもいいや、また後で説明する……」

「ん？　何かいろいろわかってるような発言だな」

「わかってるよ」

「本当か？　わかったというのは、塔から黒猫が消える謎のことか？」

「うん」

「そりゃ大したもんだ。さすが音野順」

威勢良く音野の肩を叩いているところへ、岩飛警部と笛有刑事がやってきた。

「こんなところにいたのか。ちょうどいい、塔の中へ入ろうぜ」

岩飛警部が軽々しい口調で云う。まるで、ファミレス行こうぜ、みたいな。

「いいんですか？」

「片はついた。法的にも問題ない」

「仕事が早いですね」

「まあ殺人事件という方向では動いていないからな」

「では早速中へ入りましょうか」

4

「首を吊って死んでいた男性――福中は今年で四十九歳、広告代理店の企画部部長です。家庭問題、借金、仕事など、特別な問題は見当たりませんが、同僚らの証言によると、近頃頻り（しき）に疲労を訴えていたとのことです。また精神科に通っていたという噂もあるみたいです。なお、遺体のポケットに入っていた遺書の他に、自殺をほのめかすものはありませんでした。本人のスケジュール帳には一年先の細かい予定まで書き込まれています」

我々は揃って塔の三階の部屋に入る。遺体はすでに運び出されている。部屋の扉は厚い木材を鉄枠で囲ったものらしく、なかなか趣（おもむき）があるのだが、今は無残にも上部に大穴が開いていた。外から開ける手段が他になかったらしい。従業員たちは薪割り用の斧やバールなどを用いて、力ずくで穴を穿（うが）ったという。そこから手を伸ばし、カンヌキを外したということだ。

「突発的に死にたくなる人間なんてザラにいるからな。手帳に未来の予定が書き込まれていたとしても不自然ではない」岩飛警部は軽く云ってのける。「問題は本当に自殺だったのかどうか」

「さきほどはあえて名探偵さんたちの前で口に出しませんでしたが、この現場には一点だけ看過できない不自然な点がありました」笛有刑事が有能な若手刑事を気取るように、手帳をやたらと素早くめくる。「それは……」

「さっきから岩飛警部が手に持ってるそれですね」

ビニール袋に入れられた長くて大きなバネ——スプリング。

「ああ。現場にこんなものが落ちていた」

「こうして室内を見渡しても、スプリングを部品とするものはありません」笛有刑事が続ける。「ダンボール箱やら木箱やらが散らかっていますが、スプリングは他に落ちていません。また、ダンボール箱などはそれぞれ相応の埃をかぶっているのがわかりますね。ところが室内に落ちていたこのスプリングだけは異質でした。まず存在そのものが不自然、そして埃の付着具合も他とは異なります。もう少し詳しく調べてみないと、事件と関係あるのかどうか断言はできませんが……」

「一応こうして証拠品として採取したが、俺自身、どうしてこんなものを拾ったのか疑問だ。まったくよくわからん。最初からここにあったものなのか、いつかの時点で紛れ込んだものなのか」

「ホテルの従業員に聞かなかったんですか？」

「そういう捜査をするところまで進んでいない」岩飛警部は珍しく神妙な顔つきで云う。「もうすでにこの件は自殺として片づけられようとしている。俺たちがいなけりゃ、この証拠品だってスルーされてたぜ。きっとな」

「そんな怪しげなものが現場に落ちていたのに？」

「まあ自殺という先入観を持ってこの部屋に入ってきた人間には、気づきにくい代物かもしれんな」

「で、肝心のそれは一体何なんです？」

「だから知らねえっつってんだろ」

「それは……もしかしたら……」

音野が私にだけ囁(ささや)くような声で云った。しかしさほど広くはない部屋で、音野の声はばっちり岩飛警部の耳にも届いていた。

「おい、探偵、何かわかったのか？」

「あ、あ、いえ」

「わかったんだな？　説明しろ！」

「う……」音野は岩飛警部からスプリングを受け取ると、静々と扉の近くに立った。「ここを……こうして……こうすると……こうなるので……こうやって……」

「わかんねえよ！」

「ひぃ」

「音野、落ち着け、朝食べたパンのことを思い出せ」

「う、う……」

「そんなので落ち着くのかてめぇは」

「警部、とりあえず先へ進みましょう。音野いいぞ、続けて」

「こ……このスプリングは……カンヌキを操作するためのものだったと思われます」

「カンヌキを操作する？」

「まず……この部屋で一つ気になっていたことが……あって、それは窓が開いていたという点です」

「でも人間は出入りできないんだから、密室には変わりないだろ」

「だったらわざわざ開けないで、閉めておけばいいと思いませんか？　むしろこの寒い季節に開いている方が不自然です……仮に自殺するにしても、扉にきっちりとカンヌキをかけるような人が、窓を開け放したままというのも妙にちぐはぐです……」

「そうか、わかった！　わかりました！」笛有刑事が嬉しそうに手を上げる。「カンヌキにあらかじめ紐を結びつけておいて、その紐を窓の外に垂らしておくんです。それを外から引っ張れば、カンヌキを外からかけることが……」

「できるわけねえだろ。扉と窓の位置を考えろよ。窓は扉の真向かいだぞ。そんでカンヌキは真横にスライドさせなきゃいけない。紐を引いてもカンヌキに正しい力は働かないぜ。紐を引く位置を微妙に変えたりしても、このカンヌキを動かすのは簡単じゃない」

「カンヌキに紐を結んで……窓の外から引くというのは難しいですね」音野は云った。「窓の隙間を考えても、カンヌキに充分な力を働かせることはできなかったと思います……でも惜しい……というか紐を結ぶ対象が間違っているだけ……」

「で？　どうして窓が開いていたっていうんだ？」

「それは……窓から何かを回収するため、だったと思います」

「何か？」

「それが、このスプリングです」

「ほう」

「このスプリングはこうして……使います……」

音野はビニール袋に入ったままのそれを、カンヌキの端にあてがった。

「これを壁まで押し付けるようにして……押さえていた手を離すと……一気にスライドしますね」

「なるほど。カンヌキを手で押さえながら外に出て、扉を閉めると、スプリングによってカンヌキがスライドする仕組みか」

私は感心して云った。

「でもこれだと、現場にスプリングが残されてしまうのです。それなので、スプリングに紐を結びつけておいて……その端を窓から外に垂らしておいて、用事が済んだあと……これを引っ張って手元に回収するというわけです」

「めんどくせぇこと考えたもんだな」岩飛警部は腕組みして云う。「結局、密室は今お前が云ったような方法で作られたってことか。つまり自殺は何者かによる偽装！　クソ犯人の策略か！」

「ええ……おそらく……」

「手元に証拠もある」岩飛警部は音野からスプリングを奪い去る。「ったく、警察を舐めた犯人は一体何処のどいつだ……ん？　待てよ、おかしいじゃねぇか！　犯人はこのスプリングを回収するつもりだったんだろ？　それなのにどうして現場に転がったままだったんだ？」

「紐を引っ張る途中で切れて回収し損なったのでは？」

私は云った。

「それにしちゃ、紐の切れ端が残ってないぜ」

「証拠品を回収できないようなハプニングが起こった……それは一体……」音野は目を閉じて考え込んでしまった。「そうだ……この部屋は……」

「大丈夫か、音野」

「現場の状況について……関係者にもう伝えてあるんですか？」

「いいえ、まだ詳細は誰にも伝えておりません」

笛有刑事が丁寧に答える。

「そうですか」音野は俯きがちに云う。「もしかしたら、犯人は自分から名乗り出てきてくれるかもしれません」

5

一度は破綻したかのように見えた完全犯罪計画は、田野自身驚くほど順調に進んでいた。警察に福中のことを尋ねてみると、ほぼ自殺と断定して間違いないでしょうという答えが返ってきた。それを聞いた時、田野は心の底から歓喜した。現場の詳しい状況などについて教えてもらうことはできなかったが、捜査方針が転換するような発見はなかったとみえる。警察の素早い撤収を見れば、もはや勝ったとしか思えない状況であった。

しかし気がかりなことがないわけではなかった。

田野は密室の扉が破られた後の現場を見ていない。第一発見者の従業員たちに紛れ込んで、現場をチェックすることはできなかったし、あえてしなかった。下手に第一発見者にでもなってしまったら警察に怪しまれる可能性がある。

福中の部下という立場から、現場に案内してもらえるかという期待もあったのだが、裏切られた。とにかくじっとしていてくださいと云われ、田野は漫然（まんぜん）とロビーで時間を過ごしたのだった。

日も暮れ、会社に連絡を入れて、そのままホテルに再度チェックインした。警察もそのことに関しては何も云わなかった。

現場がどのような状況になっているのか、気になって仕方ない。落ち度はなかったか、警察はどの辺りを重点的に調べたのか。

そしてスプリングはどうなった？

黒猫は？

特にスプリングは、自宅のベッドマットから抜いてきたものである。警察に回収され、万が一家宅捜索ということになれば、云い逃れはできない。警察が現場からいなくなるまで、田野がどれほどの冷や汗を流したことか。

それに黒猫。

黒猫は今何処にいる？

密室を破った従業員たちにそれとなく聞いてみたが、室内に黒猫の姿は見当たらなかったという。しかし、そんなはずはないのだ。黒猫が自ら密室から逃げ出すことは不可能である。きっと彼らが見落としたのだろう。状況からいってまず屍体に目を奪われるため、室内の様子になど誰も気を配っていなかったはずだ。いや、もしかしたら一人か二人は黒猫の姿を見ているかもしれないが。

従業員たちは密室を破ったあと、福中の生死を確認し、すぐに扉を閉じて警察を呼んだという。警察が来るまでの間、彼らは二階の踊り場付近に固まってこれからの業務について話し合っていたらしい。この間、誰も黒猫の姿を見ていない。扉にはカンヌキを開けるための穴が開けられたそうだが、そこから黒猫が逃げ出せたとは思えない。

　ということは、黒猫が密室から解放されたのは、警察が現場に踏み込んでからということになるのではないか。警察は黒猫を発見しただろうか。警察から黒猫に関する話は一度も聞かなかった。ということは、黒猫がいたとしても何も疑問視されていないということか。

　これは不幸中の幸いか？

　黒猫。

　密室を出て、お前は一体何処にいる。

　頭の中でぐるぐると黒猫が回る。たかが猫一匹にどうしてここまで悩まされなければならないのか。警察よりもずっと手強いではないか。

　まさかとは思うが、まだあの塔に閉じ込められているということはないだろうか？

　やはり……一度確認しに行くべきか。

　このまま黒猫に囚われていたら、間違いなく自分はノイローゼになる。

　警察はもう引き払った。夜中にこっそりと塔へ向かえば誰にも見咎（みとが）められまい。ただでさえ宿泊客も従業員も少ないホテルだ。もし途中で誰かに見つかっても、上司の弔（とむら）いだとでも云えばいい。

　時刻は夜の十一時。

　まだ早いか。

　いや、遅すぎても怪しまれる。今、思い立った時こそがチャンス。

決行だ。

田野が多少のリスクを冒してまで塔へ向かうのは黒猫のためだけではない。スプリングの問題もある。もし警察がスプリングの存在を見落としていれば、現場にそのまま放置されている可能性もある。

もしスプリングが現場にまだ残されているのなら、回収しない手はない。そうだ、きっとまだある。もしかしたら、昨夜の黒猫がスプリングをくわえて何処かに隠してくれたという幸運さえあり得るのではないか。あれだけじゃれついていたのだ、遊んでいるうちに何処か隅の方へ押しやられ、ダンボール箱の中にでも無造作に押し込まれているのではないか。

行こう。

暗闇の中、田野は非常口から外へ出る。ここからだと塔が近い。外へ一歩踏み出すと、息をも凍りつかせるような冷え込みに襲われる。田野はコートの前を掻き合わせながら塔へ向かった。

塔の入り口の扉は施錠されていない。ここの鍵が壊れていることを田野は知っている。

塔の前に立ち、耳をすます。冷たい夜気の中、かすかに猫の鳴き声が聞こえてくる気がする。これも幻聴だというのか。もし幻聴ならば、いよいよ自分はどうかしてしまったのだろうか。

田野はゆっくりと扉を開ける。

その時。

目の前を黒い影が走り抜けていった。

黒猫だ！

黒猫は素早い身のこなしで階段を上がっていってしまった。田野は何も考えずに黒猫を追いかける。一気に三階まで上がる。

部屋の扉は開きっ放しになっていた。扉の上部に乱暴に穿った穴が開いている。

黒猫は部屋の中に入っていった。

田野はそれを追う。

室内は暗くてほとんど何も見えない。懐中電灯で辺りを照らすと、扉を入ってすぐの足元に、田野が喉から手が出るほどほしかったものが転がっていた。

トリックに利用したスプリングである。

無能な警察め。

勝った、これで完全犯罪が成立だ。

田野はスプリングを拾い上げると、それを持ったまま階段を下り始めた。もう黒猫なんかどうでもいい。早くこれを処分しなければ。

一階まで下りた。さあ、出口はすぐそこ。長い月日をかけて練ってきた完全犯罪がゴールを迎える。

万感の思いで扉に手をかけたその時。

「ちょっと待った」

野太い男の声が背後から聞こえてくる。

階段の上から誰か下りてくる。一人ではない、二人……三人……

「まさか本当に犯人が釣れるとはなあ」

にやにや笑いの男。まるで岩石ブロックを組み合わせたかのような無骨な男。

その隣にいるのは背の高い細身の青年。彼らの背後に隠れるように立っているのが、やや小柄で色白の痩せた青年。

「それ、何処に持っていくつもりだ？」

先頭に立つ岩石男が、田野の手にしているスプリングを指差した。

「え、あ」

唐突な出来事にまるで対応できない。

「まさかバネのコレクションが趣味ってわけじゃあるまい。さあ、三階の部屋へ行こうか。詳しく話を聞こうじゃないか」

6

顔面蒼白でうろたえている男は、殺された福中の部下で田野という男だった。一重で切れ長の目が印象的だ。しかしさきほどから目の焦点が定まっていない。

塔の三階。首吊り自殺に見せかけた犯罪が行なわれた部屋だ。灯りはそれぞれが手にする懐中電灯のみ。けっこう暗い。

田野は懐中電灯によって照らされた警察手帳を目の当たりにし、ますます顔色を青ざめさせていった。

「さて、こんな時間に、こんなところへ何しに来た？」

さすが岩飛警部、尋問に迷いがない。

「私は福中部長を弔いに来ただけだ」

「ふむ、それで、ろくに弔いもせずに、そのへんなものを回収して帰ろうとした様子だったが？」

「手を合わせたらすぐに帰るつもりだったんだ。それにこれは……足元にこんなものがあったら、危ないと思って、外に捨てようと持ってきただけだ」

彼は震える手でスプリングを示す。

「諦めろ、田野。俺たちはもう、そのスプリングが何に使われたか知っている。説明してやろうか？」

岩飛警部は音野の受け売りのトリック解説を披露してみせた。

田野は眉間に皺(しわ)を寄せ、何かに耐えているような表情だ。

「スプリングでカンヌキをスライドさせるだって？　私が福中部長を首吊り自殺に見せかけて殺したって？　そんな、ご冗談でしょう。トリックだか何だか知りませんけど、そんなことが現実に可能だとでも思っているんですか？　現実的になりましょうよ。不幸なことでしたが、福中部長は自ら命を絶たれたんです」田野が徐々に饒舌になっていく。「まったく、警察というのは役に立ちませんね。現場検証しても猫一匹捕まえられず、それどころか善良な民間人を捕まえて犯人扱い……」

「今、何て云った？」

岩飛警部が反応する。

「ええ、何度でも云いますよ。善良な民間人を捕まえて、私を犯人扱いし……」

「その前だ」

「猫一匹捕まえられず」

「何を云ってるんだ貴様。どうして警察が猫を捕まえる必要がある。それはこいつら——探偵の仕事だろ」

「だってあんたら警察は、この部屋に閉じ込められていた猫をまんまと逃がしてるじゃないか……」

田野はそこまで口走って、自らの発言に違和感を覚えたように、ふいに口を閉ざした。

「おい、何のことだ？　こいつは一体何を云っている？」

岩飛警部が我々に尋ねる。

田野も自分の発言のどこがおかしいのかわからない様子だ。

「現場検証の時に猫なんかいなかったぞ」

岩飛警部の発言に、田野は目を丸くする。

「そうです……」音野がようやく口を開いた。「密室に猫なんかいませんでした」

「嘘をつくな。そんな嘘に引っかかるとでも思っているのか?」田野は震える声で云う。「密室の中に猫がいたはずだ。なるほど、ブラフで揺さぶろうというわけだな? その手には乗らない。何のつもりかわからないが、お前らは猫の存在を知っていながら、あえてそんなものはいなかったと嘘をついているんだな」

「おい、探偵、こいつ何を云っている?」

「わかりやすく説明すると……ただの勘違いなんです」

「勘違い?」

「ええ。まず一つだけわかること……それは今回の事件において、犯人は屍体と一緒に猫をこの部屋に閉じ込めてしまったということです」

「密室に猫を?」

「はい……たぶん……完璧な密室の中に。現場に残された重大な証拠、つまりスプリングがそれを物語っています。本来回収するはずのものが回収できなかった。それは邪魔が入ったから。密室内における邪魔……それこそが黒猫でした。黒猫が迷い込んだのはおそらく事故、たまたまの出来事だったと思います。ところが一度完成してしまった密室から猫を外に出す方法がまったく見つからない。犯人はそんな状況に陥ったのです。そのため……犯人はある勘違いをします。……密室が破られるまでずっと猫が閉じ込められていた、と」

「それは勘違いなのか? 密室が破られない限り猫が閉じ込められていると考えるのは普通だ

ろ」

「ね、猫は確かに……屍体と一緒に閉じ込められていました。けれど……夜のうちに密室から抜け出したのです」

「そ、そんなバカな！」田野はついに叫んだ。「密室から猫を出す方法などない！　もしそんな方法があるなら、証明してみせろ！」

「……わかりました」音野はゆっくりとした足取りで窓に近づく。「前にも、黒猫がこの塔の三階から消えるという話がありました……でも本当に猫が消えるわけはありません。実はある方法を用いて、ここから別の場所へ移動していただけなのです」

「それは？」

「この部屋の窓から外を覗くと、正面に本館の窓が並んでいます。距離は三メートルくらいでしょうか……この間に橋を渡せばいいのです。ただ、普通の橋では猫も怖がって渡ろうとはしません。それでちょっとした特別な橋が必要です」

「特別な橋？」

「筒状の橋です。トンネルといった方がいいでしょうか。猫は狭いところに好んで入りたがる習性があるので……筒状の橋を渡せば、普通の橋よりは怖がらずに通行することができると思います。ある程度の慣れは必要かもしれませんけど。黒猫を飼っていた女の子は、はじめは人目につかないように塔の三階に猫を住まわせていました。つまりこの部屋です。ここを猫の部屋にして、餌や水をやっていたみたいです。でも人に見つかれば怒られると思い、いつでも猫を窓から逃がすことができるように、筒の橋を用意することを思いついたのです。実際、一度だけその筒の橋を使ったことがあるみたいです。それによって従業員に追い詰められた黒猫を部屋の外から無事に救うことができたみたいですが……」

それが消える黒猫、瞬間移動する黒猫の話になる。ちなみにこの話は千里の断片的な情報から、音野が組み立てた推理によるものだ。

「その時には丈夫なボール紙を用いた筒を連結させて橋を作ったみたいです。けれど女の子は、こんな危険なものを用意しておくよりも、猫を別館で飼うのをやめて傍で飼えばいいのだと考えるようになりました」

「賢明だな」

「その時に筒の橋は廃棄されました。それから数ヵ月……また猫を救い出さなければならない事態になりました」

どうちゃんが密室に閉じ込められてしまった。

千里に話を聞くと、昨夜からの一連の出来事が殺人事件であったという認識はなく、また室内の屍体にも気づかなかったという。確かに本館の窓からでは、塔の室内の屍体は見えなかっただろう。どうちゃんが行方不明になり、散々探し回った挙句、固く閉じられた塔の部屋の中から鳴き声がするのを聞きつけ、すぐに救い出さなければならないと判断したのである。犯人とばったり遭遇せずに済んだのが何よりの幸いだろう。

塔の中の猫を救い出そうにも、以前用いたボール紙の橋はもうない。代わりになるような材料もなく、千里は途方に暮れる。

そこで思いついたのが、タイガーロープであった。

まず小屋の横に積んであった丸太を用意し、そこにロープを隙間ができないようにぐるぐると巻きつけていく。これと同様の丸太を複数準備して、繋げた時に長さが三メートルくらいになるようにする。あとはそこに水を含ませ、氷点下の夜気で凍りつかせる。ちょうどうってつけの低気圧。千里は辛抱強く、一晩かけてロープが凍りつくのを待った。

夜明け間近、ロープは完全に凍りつく。最後に丸太を抜く。するとロープは円筒状のまま固まっている。見た目はスプリングに似ているだろうか。これを壊さないように三階まで運び、これらを連結させると、なんとロープのトンネルができる。

千里はこれらを一個一個三階まで運び、本館の窓と塔の窓に一本の丈夫な物干し竿を渡したうえで、そこに通していく。こうして、空中にトンネルができたのだ。

あとは密室にいるどうちゃんがトンネルに気づくのを待つだけ。どうちゃんは賢く、橋が渡されてすぐに、かつてボール紙のトンネルをくぐったことを思い出したようだ。

どうちゃんがロープのトンネルをくぐってくる。

そしてついに、夜明けと同時に、千里とどうちゃんは再会を果たしたのだった。

その時のロープトンネルをそっくり再現したものが、今本館と塔を結んでいる。我々の手で用意したものだ。本館の窓には千里と笛有刑事が待機している。

この時を待っていたかのように、黒猫のどうちゃんが私の足元に姿を現した。

「凍らせている時間が短かったので、少しばかり自重で歪んでいますが……たぶん……大丈夫」

今こそトンネルをくぐり、密室には猫が存在しなかったということを証明する時！

さあ、行け、どうちゃん！

黒猫が窓辺に佇む。

「こ、こんなもので……猫が密室から逃げ出せるはずはない！」

田野は全身をわななかせている。

「事件のあった日に、黒猫が密室に閉じ込められていたということを知っているのは、あなたと千里さんだけなんです。他の人はここに黒猫がいたことを知りません。なぜなら、屍体が発見された時点ですでに、黒猫は千里さんの手によって密室から救い出されていたから……もちろん千里さんは犯人ではありません。十歳の女の子が、まったく抵抗を受けずに男性を絞殺するのは難しい……つまり犯人は……」

「ち……ちくしょう！」

すべてを台無しにしてくれたな！

あのクソ猫！

「ぶっ殺してやる！」

田野は目の前にいる黒猫に飛び掛かった。

とっさの出来事に私も音野も動けずに、あっ、と情けない声を上げただけだった。

しかし誰より素早く動いた男がいた。

岩飛警部だ。

彼はその巨体に似合わぬ滑らかな動きで田野の腕を摑むと、見事な一本背負いで田野を投げ飛ばした。田野は受け身を取ることもままならず床に叩きつけられた。

「動物に乱暴はいけねえな」岩飛警部は軽く背広の襟元を直す。「俺は猫って生き物が大好きなんだよ」

当の黒猫はいつの間にかトンネルをくぐり、千里の腕の中で素知らぬ顔をしていた。

よくやった、千里、どうちゃん!

人喰いテレビ

1

私がその不気味な光景を見たのは、八月のじめじめとした夜のことでした。

私は大学の友人たち数名とある別荘地へ遊びに行き、一晩ロッジを借りて過ごすことになりました。

その日は夜遅くまでみんなとお酒を飲んでいました。少しお酒を飲みすぎた私は、酔いを醒ますために一度外に出て風に当たることにしたんです。時刻は夜の二時を過ぎていたと思います。山の中なので当然周囲は真っ暗。近くには他にもペンションや別荘などがありますが、街の明かりと比べたら暗闇同然です。私はなるべく自分のロッジから離れないように、一人で近くを散歩しました。

雑草に覆われた小道の先には、私たちが借りたのと同じ形をしたログハウス風のロッジが幾つか並んでいました。見たところ一つだけ明かりのついているロッジがあります。オーナーの話では、私たち以外にもお客さんがいるということだったので、あのロッジがそうだな、と私は考えました。

どんな人が泊まっているのだろう。もし私たちと同じような学生グループだったら、一緒にお酒でも飲めないかしら。私はそう思いながら明かりのついているロッジへふらふらと近づいていったんです。お酒のせいで少し大胆になっていたというのもあると思います。そうでなければ決して一人で近づいたりはしなかったはずです。

そのロッジの前まで来たところで、私はふと思い直しました。さすがにいきなり訪問するのはまずいのではないか。それに奇妙な感じがしたのです。何か普通ではない予感というか……だってそれだけ建物に近づいたにもかかわらず、建物の中から楽しそうな声はおろか人の気配すら感じられなかったのですから。

それで私は引き返すことにしました。

その際に窓から中の様子が見えたんです。

ほの暗いランプのような明かりの中、一人の男の人が古いブラウン管型テレビの前に立っていました。テレビの画面は灰色の砂嵐の状態で、何も映っていません。男の人はそれを見てじっと立っているんです。私は何か見てはいけないものを見た気がして、一刻も早く逃げ出したくなりました。けれども足がすくんですぐには立ち去ることができずにいました。

あの男の人は一体何をしているのだろう。

すると男の人が、ゆっくりとテレビに近づいていくのが見えました。テレビは相変わらず砂嵐が映っているだけです。

男の人はテレビの前に屈み込んで、画面を覗き込むようにしました。

その時です。

男の人の頭がテレビの中に吸い込まれていったんです！

まるでテレビが男の人を呑み込もうとしているかのようでした。男の人は抵抗するためか、手でテレビの枠を摑みました。次の瞬間、なんと男の人の腕までがテレビの砂嵐の中へ溶け込んでいってしまったんです！

もうすでに男の人の上半身が消えていました。

私は怖くなってすぐにその場から走って逃げました。ロッジに戻って仲間たちに今見たことを説明しましたが、酔っ払いのたわごととしてあっさり片づけられてしまいました。

翌日、オーナーにあのロッジを借りている人のことを尋ねると、不思議なことがわかりました。客の男性はたった一人でロッジを借りていて、今朝になって荷物を残したまま部屋からいなくなってしまったのだそうです。料金が支払われていないので、踏み倒しではないか、とオーナーは云っていましたが……

あの男の人がどうなったのか私にはわかりません。私が見たことが事実だとするなら、男の人はテレビに食べられてしまったのではないでしょうか。なんでも、周辺に住む人からもあのロッジは不気味がられていて、まるで何かに誘い込まれるように入っていく人をよく見かけるとか……しかも逆にそのロッジから人が出てくるところをほとんど見ないとか。

2

「何か宅配便が届いてたよ」

音野順が、眠そうな顔で私を出迎えた。彼は私の仕事場に住み着いている名探偵である。一方私はミステリ作家であり、音野順を探偵役にした小説を幾つか書いている。彼をモデルにした小説で得た原稿料や印税は完全に折半。その金を彼がどう使っているのかは私にはよくわからない。ちなみにこの仕事場は私が家賃を払っており、彼は完全に居候である。まあ留守番みたいなものだ。いざという時、はたして彼は番犬のようにこの場所を守ってくれるだろうか？いや、メンタルにおいてもフィジカルにおいても、小型犬並みでドーベルマンのようにはなれまい。せめて事件を追う時にはそうであってほしいものだが。

平べったいダンボール箱が私のデスクの上に置かれていた。送り主の欄を見ると『月刊パズル二等兵　懸賞品』などと書かれている。

「おお、思い出した、ずっと前にクロスワードパズルの懸賞に応募したんだ。懸賞品か、やった」

とはいえ、どんな懸賞品だったのかよく覚えていない。私は早速箱を開けてみた。

中から出てきたのは、やたら金ピカのチェス盤であった。

『ゴージェス盤』

そう書かれている。

「やったな、音野。黄金のチェス盤だ」

「目が痛い……」

確かに黄金の塗装が目を刺激する。ただの金メッキで、材質まで純金というわけではないようだ。もし純金仕様だったらこんなに軽々しく持てない。それにすぐに売りに行く。

「せっかくだからチェスやるか」

「悪いけど……チェスなんか知らないよ」

「大丈夫、私も全然知らない。だが最低限の駒くらい知ってるぞ」

「駒は何処にあるの？」

云われて気づいたが、懸賞品はチェス盤のみであって、駒はついていない。なんという中途半端な懸賞品だろうか。思い返せば、懸賞品のページに※印で『駒はついておりません』とか書いてあったような気もする。

「駒なんて作ればいいんだよ」

私はコピー用紙に駒の絵を描いてそれをハサミで切り抜いた。駒の名前と配置はだいたい知っている。キング、クイーン、ナイト、ビショップ……ただしあまりよくルールを知らない。急ごしらえの紙切れの駒たちを並べる。盤のゴージャスさに比べて、その兵隊たちのクオリティの低いこと……しかも音野は私の描いた絵が判別できないのか、何度も「これ何の駒？」

と聞いてくる。

「白瀬(しらせ)……無理して使う必要は……」

「せっかくだから最後までやろう！」

「う……うん……」

「じゃあ私の先攻で」

それからうろ覚えのチェスが始まった。

「クイーンはどう動くの？」

「将棋でいうところの飛車と角を合わせた動きだったかな」

私はありったけのチェス知識を思い起こす。

「強い駒だなあ……ということは、敵陣で成った場合もっと強くなる？」

「いや、それ以上強くなったら……どんな動きするんだ？」

「ワープ？」

「ワープしかないよな……じゃあ盤上のあらゆる場所に瞬間移動できるということにしよう」

「チェック！」

音野が早速クイーン・ワープを使い、私のキングの二マス横につけてきた！

「やるな……しかし音野、キングを瞬間移動させるキャスリングというテクニックがあるのを知らないな？」

「えっ」

「キャスリング！」私はキングを音野陣地にいるビショップの横に置いた。「さあどうする、ビショップは斜めしか移動できないぞ。こいつが邪魔でルークもキングを狙えまい」

「クイーン・ワープ！」

「なにっ、くそ、キャスリング！」

「ワープ！」

「キャスリング！」

「ワープ……」

「キャス……」

三十分後にはゴーヂェス盤はただの飾りとして音野の部屋に置かれることとなった。

いずれ音野が趣味のドミノを並べる際にでも使うだろう。それでよしとする。

一息ついて仕事を始めたところに、電話がかかってきた。編集者からかと思いきや、なんとも珍しい相手からだった。

「俺だ、岩飛だ」

「警部？」県警の殺人課刑事である。「どうしたんですか、いよいよ我々に感謝状を贈る気になりましたか」

「逮捕状ならいずれ用意してやる」野太い声が面倒くさそうに応える。「今事件でちょっと現場に来てるんだが、一人、お前ら向きの目撃者がいてな。ちょっとばかり厄介なことになってる」

「我々向きって何です？」

「さっきから変な証言ばかりして、一向に埒が明かない。幻覚でも見たのかもしれんが、クスリをやってる気配はない。こいつが何を云ってるのか、俺たちにもわかるように通訳してもらいたいんだが」

「ふむ。で、その人は何と証言しているんですか？」

『被害者がテレビに喰われるのを見た』と云っている」

「テレビに喰われるのを見た？」

「ああ、ちょっとしたコロシの件なんだが、数少ない目撃者の一人が訳のわからんことを云い始めたもんだから、現場がなんだかおかしなことになってきてやがる。変なお祈り始めるじいさんとか、泣き喚く女だとか、オカルト雑誌広げ始めるおっさんとか……」

現場が混乱している様子が窺える。不謹慎ながら、俄然興味が出てきた。

「なるほど、なるほど、それで名探偵の明晰なる頭脳で、混沌を追っ払って欲しいと、こういうわけですね？」

「俺たちの代わりに、連中のたわごとを聞く係が必要なんだ。というかむしろ連中が、話のできるやつを呼べとうるさいことぬかしやがって、探偵やってるお前らの名前を出したら、一刻も早く連れてこいと騒ぎ始めやがったんだ」

「わかりました、わかりました」我々が必要とされているという優越感から、私はもったいぶった口調になっていた。「それにしても、とうとう岩飛警部も我々に依頼の電話をするようになりましたか、これはチェスで云うところのチェック状態……」

「いいから早く来い、場所は――」

ここから車で三十分以上かかるような山中の別荘地。私は部屋から逃げ出そうとしていた音野を捕まえて、早速現場へ向かった。

「もういやだ……うちにいたい……事件なんていやだ……」

車中で音野が駄々をこね始めたが、今さら引き返すわけにもいかない。だいたい、現場に行くまでにイヤイヤする名探偵が何処の世界にいるというのだ。

最近、事件の度によく外に出ているので、音野のひきこもりがちな生活は改善されつつあったのだが、未だに名探偵としての自覚や誇りといったものは身につかないらしい。

「どんな事件なの？」

音野はおそるおそる尋ねる。

「まだ詳しいことは聞いてないんだが、どうやら被害者がテレビに食べられたらしい」

「テレビが？　人を食べた？」

音野は目を丸くして云った。

「テレビという名のワニとか、そういう話じゃなければいいんだが」

もし私がそういうミステリ小説を書いたとしたら、読者に怒られることになるだろう。

長い山道を走り、ようやく我々は閑静な別荘地に入った。趣味と金が注ぎ込まれた別荘が幾つも並んでいる。それらの屋根にうっすらと積もった雪が純白の化粧を施していて、ただでさえ高級感の漂う世界が、さらに美しくなっている。

何台か警察車輛が停まっている場所を見つけ、我々は車を降りた。

ログハウス風の小屋が数十メートル間隔で三つほど並び、そこから少し離れた場所にペンションが建てられている。どうやら事件関係者たちは現在そのペンションに集合しているらしい。ペンションの入り口に岩飛警部が立っていた。

「早かったな、みなさんお待ちかねだぞ」

どことなくいやらしい口調で岩飛警部が云う。

するとわらわらとペンションの中から謎の集団が出てくる。

「おお、ついに来なすった、我らが救世主……」

腹巻をした八十歳くらいの老人がすがるように我々の足元にひざまずき、両手を合わせてごにょごにょと何かのお祈りを繰り返した。

「名探偵どの、名探偵どの、ぜひ我々の同志の声を聞いてやってください！」

分厚い眼鏡をかけたおじさんが平身低頭のサラリーマンよろしく我々に頭を下げる。

「ああ……聞こえます……ウンモ星人が何か云ってます……『コノ謎ヲ解カレヨ、地球人ヨ』……」

ぼさぼさ頭の若い女性が何かにとりつかれたかのように喋り始める。

「同志、本田(ほんだ)さんが受信してる！」

「おお……ありがたやありがたや……ごにょごにょ」

彼らは輪になって意味のわからない言葉で会話を始めた。

我々はすっかり置いてきぼりである。

「警部……この人たち何です？」

「事件の目撃者のみなさんだ」岩飛警部が頭を抱える。「UFO研究会だとよ。さすがにこいつらは俺の手に負えない。銃持った凶悪犯でも負ける気はしねぇが、こいつらはダメだ。勝てる気がしねぇ」

おそるべしUFO研究会。

「代表、代表！」眼鏡のおじさんがペンションの中へ向かって声をかける。「名探偵さんが来てくれました。ぜひ代表が見た怪奇現象を彼らに説明してください」

「あ、はい」

どんな化物が出てくるかと思いきや、ペンションの中から出てきたのは二十歳前後のかわいらしい小柄な女性であった。オカッパ頭のストレートヘアで、はっきりとした二重の目が大人びている。

「どうもはじめまして、如月陽子（きさらぎようこ）といいます。遠いところをご足労いただき、ありがとうございます」

丁寧に頭を下げる如月。朗らかな笑顔に癒される。つられて私も頭を下げる。

「あ、どうもはじめまして。私は助手の白瀬です。彼が探偵の音野」

「……はじめまして……」

音野はかなり離れたところからお辞儀する。

「んじゃ、お前らここで大人しく宇宙について語り合ってろ」岩飛警部が我々に丸投げして、自分はとっとと立ち去ろうとする。「警察の邪魔しに来るなよ」

「待ってくださいよ、警部」

「ＵＦＯが来たら呼んでくれ」

岩飛警部はそう云い残してペンションに入ってしまった。

「ささ、名探偵どの、我々のロッジでゆっくり会談しようではないか。もしよろしければ秘蔵の写真の数々を見せてあげますよ」

眼鏡のおじさんが嬉しそうに我々の腕を引く。

これは大変なことになってきた。

3

如月ＵＦＯ研究会。もともとオカルト雑誌の読者コーナーで知り合い、それからネットなどを通じて交流しているうちに、ついに個人サークルまで作ってしまったという人々。メンバーもおじいちゃん、おっさん、チャネリングお姉さん、そしてかわいらしいリーダーという世にも愉快な仲間たちである。

「くじ引きで代表を決めることになったのですが、私が当たりを引いちゃいまして……」恥ずかしそうに語る如月代表。「私たちは二日前からこのロッジを借りて、夜空を観測していたんです。ここはとても星が綺麗に見えるので、絶好の観測ポイントなんですよ」

「ウンモ星人たちもよく現れる」

ぼさぼさの髪をそのままにしているチャネリングお姉さんが口を挟む。

「まあ、UFOが本当に来てくれたら素敵かな、くらいにしか思っていませんでしたけど……それにしても大変なことになってしまって、もうすっかり観測どころではなくなってしまいました」

如月はメンバーの中で唯一まともといってもいいかもしれない。特にチャネリング能力などは秘めていないようだ。

基本的に如月だけに絞って会話を進める。

「一体何があったのですか？　我々は警部から詳しい説明を受ける前に飛んできたもので……」

「そうでしたか、では私が最初から説明しますね」如月は居住まいを正して我々に向き合った。

「今朝、この近くの雑木林の中で上半身が裸の男性の屍体(したい)が発見されました。第一発見者は近所の別荘に住んでいる男性でした。その方は犬の散歩をしている最中だったそうです」

「サスペンスドラマみたいですな！」

どうでもいい合いの手を入れるおっさん。

「すぐに警察が呼ばれ、その被害者の男性が一番奥のロッジを借りていた人だということがわかりました」

「ああ、三つあったうちの一番奥ですね」

私は簡単にメモ帳にペンを走らせる。そうでもしていないと、ＵＦＯ研の連中に余計な口出しをされそうだったからだ。

「屍体は昨夜からちらちらと降った雪をかぶっていて、昨夜のうちに放置されたことは間違いないそうです。けれど残念ながら、屍体の周囲に犯人の足跡などは残されていなかったそうです」

「なるほど……続けてください」

「実は私たちも騒ぎを聞きつけて、現場を見てきたのですが……それはとても異常な屍体でした。まず何故(なぜ)か上半身だけが裸だったこと。この気温では、自分から服を脱ぐなんてことはまずあり得ないと思います」

屍体を目の当たりにしながらなかなか冷静な判断だ。話し振りも落ち着いている。

「死因は何らかの鈍器による頭部への強打、それによる頭蓋内損傷などが考えられると、警察医の方が話していました。実際、頭部はめちゃくちゃに殴られたようになっていて……」

「凶器は見つかったんですか？」

「いえ、でも話によるとあまり重い鈍器ではなく……たとえば灰皿のような『ある程度重みのある硬いもの』といった感じのもので、しかも何度も打ち付けなければ致命傷にならなかったということらしいです」

「確かに異常といえば異常な殺人ですね」

「異常なのはそれだけではありません」

「ほう」

「屍体の一、部、が、切、断、さ、れ、て、い、た、ん、で、す」

「えっ、切断？」

「屍体の右腕……だいたい肘から先がなくなっていたのです。切断された部分はまだ発見されていないそうです」

右腕が切断された屍体。これはとんでもない事件になってきた。

岩飛警部が事件のことをほとんど教えてくれなかったのは、こういう理由があったのか。もしそんな異常な事件となれば、我々が——主に私が——黙っていない。

「何故、腕が切断されていたのでしょうか」

「それは私たちにはわかりません」

ゆるゆると首を振る如月。

ところで音野は何処にいる？

彼はいつの間にかUFO研のメンバーに取り囲まれて事件の話を聞くどころではなくなっている。おじいちゃんはさっきからずっと音野を拝みっぱなしだ。

「被害者の身元は判明しているみたいですか？」

「ええ、一流企業の重役さんとか」

「一流企業の重役さんがこんなところに何をしに来ていたんでしょうね」

「さあ……ロッジも一人で借りていたらしいですよ。ハイキングとかキャンプが趣味なのかもしれませんね」

趣味といわれればそれまでだが、一人でロッジまで借りてこんなところにキャンプに来るものだろうか。家族や仲間たちと一緒というならまだわかるのだが。

だんだんと事件が不可解な点に彩られていく。屍体の異様な状況、被害者の不審な行動。

「それで……『被害者がテレビに喰われるのを見た』というのはどういうことなんですか？」

「私、見たんです。その被害者の男性が、昨晩テレビに食べられるのを」

「食べられる……というのは？」

「私が見た時はちょうど……男の人の頭と、右腕の先がテレビの中に入ってました」

表現が生々しくて私はその光景を想像するのをためらう。被害者の頭と右腕がテレビに食べられていた？　そんなことがありうるのだろうか。

「どういう経緯で目撃することになったんですか」

「ロッジの外に出て夜空を観測していた時のことなんですけど、一番奥のロッジの窓からちらちらと不自然な明かりが零（こぼ）れていたので気になったんです。私たちは他のロッジに客がいることを知らされていなかったので、誰もいないはずなのに明かりが見えるのはおかしいな、と思ったんです。それで何気なく手元の望遠鏡を窓に向けて覗いてみたのですが……」

如月が思い出したように息を呑む。ＵＦＯ研のメンバーたちにも緊張が伝わったのか、急に皆黙り込んだ。

「不自然な明かりはテレビでした。真っ暗な部屋の中ではテレビ画面も明るいですよね。その光が窓から見えていただけなんです。望遠鏡越しに見えたテレビ画面には砂嵐が映っていました。局設定がされていないチャンネルに映るあのザーザーという灰色のやつです。深夜、一日の番組が終わった後にも映りますね。最近は二十四時間ニュースが流れていたりして、見る機会も減っていますけど」

　現在のアナログ放送が地上デジタル放送に変われば、あの砂嵐を見る機会はもっと減るだろう。そのうち砂嵐を知らない子供たちも出てくるはずだ。地デジのテレビでは、機種の差はあるだろうが、局が割り振られていないチャンネルに替えたら、その旨を伝える説明文が表示されるだけで砂嵐にはならない。

「テレビがついていたので、もしかしたら誰かいるのかな、と思いました。よく見るとテレビの近くに男の人がいました」

「顔は見えましたか」

「ええ。今朝見た被害者の男性です。間違いありません。ちなみにその時は白いワイシャツを着ていました。裸ではありません」

「その人は暗闇の中、砂嵐のテレビをつけて何をやっていたんです？」

「それがよくわからないのですが……男の人はテレビに向かってリモコンか何かを操作していました。それからゆっくりとテレビに近づいたのですが……次の瞬間にはもう、男の人の頭がテレビに吸い込まれるようにして消えていきました。同時に、右腕が画面の中へと入っていき、しばらく身じろぎしていました。私は驚いてしまって、望遠鏡を三矢さんに渡したんです」

三矢というのは眼鏡のおっさんである。

「わたくしが見た時にはもう、男の姿はありませんでしたね。テレビ？　テレビの画面はついたままでした」

話を聞いている限り、本当に被害者がテレビに食べられてしまったかのようだ。しかも翌日被害者は屍体となって近所の林の中から発見されている。冗談ごとではない。おまけに、被害者の頭部には何かを何度も打ちつけたような痕跡。そして肘から先のない右腕。それらは被害者がテレビに食べられた痕跡なのだろうか。

いやいや、テレビが人を食べるなんて話はあり得ない。

だとすれば彼女の証言がおかしいのか？　私には彼女が嘘をついているようには見えない。UFO研などという謎の団体の代表だからといって、証言の信憑性を頭から疑うのは偏見が過ぎるだろう。とはいえ、テレビが人を食べるという話はさすがに信じ難い……

たとえば彼女たちが実は事件の犯人であり、でたらめの証言をすることで容疑を免れようとしているとは考えられないだろうか。

それにしてはあまりメリットのない証言だ。被害者が殺害される場面を見ていたという証言でもないし、現場から立ち去る怪しい人物を見たという証言でもない。被害者がテレビに食べられていました、という現実離れした証言なのだ。そんな嘘を警察に伝える意味があるだろうか。あるとすれば変人扱いされることくらいか。それによって警察にも無視されることを狙っていたのだとすれば、まずまず成功しているわけだが。

「実はですね、我々如月UFO研究会が発足するきっかけとなったオカルト雑誌のバックナンバーを、わたくしたまたま一冊、持っておるのですが」おっさんが突然口を開いた。「集会の際には、わたくしいつもそれを持って参りますので。たまたま持っていたというよりは、必然的に手元にあったわけなのでありますが」

「わかりました、それで？」

まどろっこしいので先を促す。

「ええ、それでそこに我々の仲間募集の投稿などが載っているのです。UFO研発足の思い出に耽る時など、それを眺めるのですが……ええと、なんとこの号の読者投稿コーナーに『人喰いテレビ』の記事が載っていたのです」

「ええっ」私の声は裏返っていた。「テレビが人を食べるという話は、ホラーやオカルトの世界では結構メジャーなんですか？」

「いや、あまり聞きませんな」

「ちょっと、その雑誌を貸してもらえませんか」

「どうぞどうぞ」

雑誌の刊行日を見ると五年前の秋になっている。かなり昔からこの手の話があるということか。

私は早速記事を読んだ。読者の体験談が『怖い話』として記事になっているコーナーである。ある大学生が体験した『人喰いテレビ』の目撃談が掲載されていた。話を読む限り、如月の証言とかなり似ている。もしかしたら記事の中に出てくるロッジは、今我々がいるのと同じところなのではないかと思えるほどだ。いや、むしろ同じ条件が当てはまる場所など他にあるわけがない。

これは同じ場所だ。

つまり五年前にも一度、何者かがテレビに喰われるという事件が起きているのだ。

雑誌の記事は目撃談だけで終わっているため、実際に被害者が出たのかどうかはわからない。

……待てよ、私は騙されていないか？

このオカルト雑誌をきっかけに生まれた如月ＵＦＯ研。そのメンバーが五年後、雑誌の記事とそっくりな事件に遭遇する。

あまりにできすぎている気がする。すべてはこの雑誌を元にでっちあげた彼女たちの嘘なのではないのか？　彼女たちがＵＦＯ研というのも嘘。仲間募集ハガキのコーナーからそれらしいグループを見繕い、これが私たちですと云っているだけ。

さすがに疑い過ぎだろうか。しかし疑わずにはいられない。テレビが人を食べるなどという話は。

ここは一つ、人喰いテレビのことは忘れて、現実に起きている殺人事件の方に注目してみるか。

4

「三流作家、どうしたその面。もう降参か」

岩飛警部はにやにやと笑いながら云った。最初からこうなることを予測していたのかもしれない。意地の悪い刑事だ。

岩飛警部と我々はペンションの食堂で再会した。このペンションは宮木という男が一人で経営しており、近くの三棟のロッジも彼がオーナーである。この辺りのシーズン本番は夏であり、現在はＵＦＯ研の彼ら以外に客はなく、暇を持て余しているようだ。

オーナーにいれてもらったコーヒーを飲みながら、我々は向かい合って座る。

「現場検証はもう終わったんですか？」

見たところ他の刑事や鑑識の者たちは帰ったようだ。

「一通りな」

「しかし警部は相変わらず人が悪いですね。我々向きなのは、ＵＦＯ研の話より、実際の事件の方じゃないですか。聞きましたよ。右腕が切断されていたんですって？」

「だからどうした？　ＵＦＯ研の連中が云ってることを素直に解読してりゃ、殺人事件だって解けんだよ。むしろお前らには特等席を譲ってやったんだ。感謝しろ」

「警部、言葉すべてに誠意が一つもないですね」

「当たり前だ、お前らに見せる誠意はない」

「UFO研の如月さんから事件のことはだいたい聞きました。被害者の男性が発見された時、上半身裸だったそうですね。服は見つかったのですか？」

「いいや」

「屍体の周囲に足跡などは？」

「ない。雪が降ったのは屍体が放置されてからだな。ちなみに現場を見た限り、犯人は屍体を埋めようとしたのを途中でやめている。おそらく穴を掘っている最中に雪が降ってきたからだろう。屍体を埋めるのに時間がかかってしまった場合、帰る頃には雪が積もっている。そうなれば雪の上に足跡を残すことになる。そんなことにならないよう、その場で屍体を放置して去ったようだ。賢明な判断だろう。ま、おかげで翌朝すぐに発見されることになってしまったわけだ」

「被害者の男性はどういう人物だったんですか？」

「何の問題もねえな。会社のお偉いさんだ。年は四十幾つだったかな。重役にしちゃ若い。家庭も円満、仕事も順調。人間関係を洗ってるところだが、恨み買うほど目立った悪さもしてねぇ」

「どうして発見された時、上半身が裸だったんでしょうか」

「さあな」

「右腕の肘から先が切断されていたのは？」

「んなことは自分で考えろ！」

「警察の見解ってものがあるでしょう。別に岩飛警部の考えは聞いてません。どうせ教えてくれないし」

「俺は面倒くせぇことは考えないんだよ。お前らに教えてやる見解もねえ。どうして裸だったのか、どうして腕が切断されていたのか、全部お前んところの探偵に聞けばいいじゃねぇか」

突然話の矛先（ほこさき）を向けられて、音野は肩を震わせた。それまではまるで自分がそこに存在していることを気づかせまいとするかのように音も立てず、一言も発せずに努力していたようだが、当然ながら岩飛警部の目には彼の姿がはっきりと見えていた。

「で、どうなんだ。そろそろ救世主さまの意見を聞かせてもらおうか」

岩飛警部はにやりと笑う。

音野は口を閉じたまま。

「音野、何か意見は？」

「被害者が……泊まっていた部屋……」

「部屋……が何？」

「見たい」

「だそうですけど、いいですか、警部？」

「勝手にしたらどうだ。ただし人喰いテレビには気をつけろよ。お前らなんかすぐに喰われるぜ。というかいっそ喰われちまえ」

岩飛警部はからかうように云う。

「そうだ、せっかくオーナーがいるから、彼にも何か聞いておいたらどうだ？」

私は音野に云うが、音野は自分からは質問しない。結局私が代わりに尋ねることになる。

「被害者の男性がこちらに来たのはいつですか？」

「昨日の昼間ですね。あらかじめ電話予約が入っていました」オーナーの宮木はテーブルの上に置いてある花を取り替えながら答える。「お一人様の宿泊ということで、何事もなければいいと思っていたのですが、案の定こんなことに……」

「こちらに来た時、被害者の様子がおかしいとか、普通でない点はありませんでしたか？」

「特にないですね。強いて云えば、お客様の恰好が少し気になりましたね。とてもくつろぎに来た人間の恰好ではないというか……普段背広で仕事をしている人でも、こちらに宿泊される際にはもっとくだけた恰好をするものです」

「どんな恰好だったんですか？」

「それはもう、今から仕事へ行くぞ、というようなスーツ姿でした。もしかしたら仕事を終えてそのままこちらに足を運ばれたのかもしれません」

「被害者の荷物は部屋にそのまま残されていたが、ほとんどが仕事道具だった」岩飛警部が口を挟む。「宿泊するためのものは一つも持っていなかった」

「宿泊するつもりがなかったんでしょうか？」

「さあ……わかりかねます」

「本人と会話を交わされましたか？」

「もちろんです。チェックインの際に声をかけましたが、ほとんど無反応でした。こちらが怖くなるくらいでしたね。何か考え事をしていらっしゃるようでした」

宮木は花を綺麗に活け終えて、花瓶をフロントの脇に飾った。彼は白髪頭の中年である。聞くところによると脱サラして今のペンション経営を始めたという。冬場はＵＦＯ研のような物好きしか来ないが、夏場はそれなりに繁盛しているようだ。

「あの、もしよければ今日、被害者の泊まっていたロッジに我々が泊まりたいんですが、構いませんか？」

私が提案すると、隣で音野が驚いたように顔を上げた。そんなことは聞いてない、と云いたそうだ。もちろん、私だって今思いつきで云ってみただけなのだ。

「こちらとしては歓迎いたしますが、警察の方がどうおっしゃるか……」

最終的な決定権が岩飛警部に移る。

「いいんじゃねぇの？」

適当に許可。

「では一晩ロッジを使わせてもらいます」

「どうぞごゆっくり……といっても事件のあった後ではそうもいかないかもしれませんが……とりあえず部屋の説明をいたしますので、一緒にロッジへ向かいましょう」

宮木は鍵を取りに部屋の奥へ入っていった。それまで奥の部屋から聞こえていたテレビの音が消える。間もなく宮木が鍵束を手に戻ってきた。

「云っておくが俺は泊まらないぞ」

岩飛警部が云う。

「警部、せっかくだから一緒に泊まりましょう」

「誰がお前らなんかと……」

「一応ベッドは四つありますので、四名様までなら一つのロッジで宿泊できます。刑事さんもお泊まりになりますか？」

「泊まらねぇよ」

「警部、ここは泊まるべきですよ。せっかくのリゾートなんだから！」

「何がリゾートだ、死ぬほどつまらん山ん中じゃねぇか。卓球台の一つもありゃしねぇ」

岩飛警部は最初は抵抗していたものの、何かを察したのか、途中からすんなり宿泊することに決めた。なかなかそういうところは抜け目がない。おそらく彼は音野に賭けたのだ。今晩中に事件を解くだろう、と。

宮木の先導でロッジへ向かう。

さきほどUFO研のロッジに足を運んでいるので、だいたいどんな建物か把握している。見た目はログハウス風で、ロフトがついている。小さな地下室まであり、保存食などが備蓄できるようになっている。以前大雪でこの地域一帯が陸の孤島になったことがあり、その時の教訓から必ず保存食を備蓄するようになったそうだ。

「チェックアウトは明日の正午です。鍵をフロントまでお持ちになってください」

宮木は頭を下げてロッジを出ていった。

「さて」

部屋の中央壁際に大きなテレビがある。

一昔前のブラウン管テレビである。現在大型テレビの主流は薄型液晶で、画面のサイズに対して奥行きの厚みはほとんどないものなのだが、そこに置かれているテレビはとにかくでかい。ブラウン管のテレビは画面サイズに比例して奥行きも重さも増す。二十九インチくらいだろうか。主流が液晶に取って代わる直前の遺物といっていい代物だろう。家電量販店でもほとんど姿を見なくなった。

試しにリモコンで電源を入れてみる。ちゃんと映像は映るようだ。ちょうど夕方のニュースの時間で、今我々が直面している事件が報道されていた。

「マスコミも来てたんですね」

「まあいろいろとオフレコになってるがな。ちなみに腕が途中で切断されていることは、マスコミに伝えてある」

「まあ隠しきれることじゃないですからね」

「それよりUFO研の連中が、マスコミにおかしなこと云い始めなけりゃいいんだが……」

私と岩飛警部が部屋の真ん中に座って話をしているのに対し、音野は相変わらず落ち着きなくあちらこちらへと視線をさまよわせている。

「音野、とにかく座れ」

「待って……テレビ……」

音野はテレビ台の上にどっかりと置かれているブラウン管テレビに近づいた。側面に回り込んで、あちこち眺め回している。

「見て」

音野はテレビ台を指差した。

木製のテレビ台に丸いへこみがある。それはちょうど、絨毯(じゅうたん)などにテーブルの足のへこみなどが残されるのと同様に、テレビの重みによって残されたへこみに違いなかった。

問題は、そのへこみと、現在のテレビの位置とが合っていないことである。

「ずらされてるな」

岩飛警部が顎をなでながら云う。

「誰かがずらしたのか……」

「このへん、警察も調べたんですか?」

「当然だ。だがこのへこみについては誰も指摘していなかったな」

「警部、ちょっとこのテレビ持ち上げてみてください」

「ちっ、てめぇでやれよ」

岩飛警部はしぶしぶテレビの前面に回り、抱え込むようにして、両側面の取っ手部分を摑ん

だ。そのまま持ち上げる。随分とすんなり持ち上がったように見えるが、それは怪力熊だから
できること。
「この重さだと、ちょっとしたはずみで位置がずれるってことはなさそうな気がするな」
「ということは誰かがこのテレビを持ち上げて、わざわざ位置をずらしたということでしょう
か？」
私は腕組みしながら云う。
「ちょっとお前、持ってみろ」
岩飛警部と交代で今度は私がテレビを持ち上げてみる。一応持ち上がるが、そのまま動くこ
とはままならない。
「やはりテレビに何か秘密がありそうですね……」
私は云いながら音野の横顔を盗み見る。音野は難しそうな顔で真っ暗なテレビ画面を見つめ
ているだけだった。
私は試しに画面に触れてみた。もちろんテレビに噛みつかれるなどということはなく、ひん
やりした感触が伝わってきただけである。
「そうそう、お前らにはまだ話してなかったが、実はこの部屋、被害者が殺された場所でもあ
るんだぜ」
「ええっ」急に部屋の温度が下がったように感じられた。「ここが殺害現場だったんですか？」
「そういうことだ。一応鑑識は済んでるから問題ない。むしろ俺たちが部屋を占拠しておいた

方が、犯人にこっそり証拠湮滅されずに済む」

「どうしてここが殺害現場だとわかったんですか」

「地下で血痕が見つかった。殴られた際に飛び散った血だろう」

「地下というのは？」

「こっちだ」

キッチンの横に跳ね上げ式の床板があり、それを開けると狭いコンクリートの階段が地下へ続いていた。

「備蓄倉庫になってる。そんなに広いもんじゃねぇ。腕を振り回せばあっちこっちにぶつかるような狭さだ。そんなところで、頭を殴られて殺されたって、一体どんな話よ。なあ、名探偵」

岩飛警部がさりげなく音野の肩を叩くと（どつくと？）、音野はびっくりして軽く数センチは飛び上がった。地下室だったら天井に頭をぶつけていたに違いない。

「それとももう一つ不可解な点がある。地下の一番奥の壁が、ぶっ壊されてるんだ」

「壊されてる？」

「まあ見てこいよ。閉じ込めたりしねぇから安心しろ」

ああ……音野を一人で行かせて閉じ込める気満々だなこの人。

とりあえず音野を先に行かせる。私は岩飛警部が悪さをしないように外から見張る。今音野にパニックを起こされては、解決する事件も解決しなくなってしまう。

音野はすぐに戻ってきた。次に私が見に行く。

狭い階段を下りると、両側にスチール棚が並んでいる。棚には缶詰などの保存食、ペットボトルの水などが並べられている。簡易シェルターにも使えそうなところだ。

薄暗い照明の中、奥まで進むと確かに壁が破壊されている箇所が見つかった。ピッケルなどでコンクリートの壁を一部えぐったような感じである。見た目にはクレーターのようになっている。壁を掘ろうとしたのだろうか？

足元には破片などは散らばっておらず綺麗なままだ。誰かが片づけたのだろう。壁の削り跡から見て、つい最近壊されたようだ。

私は地下室を出た。わずかな時間しか地下にいなかったのに、部屋に戻った時は眩しさを感じた。

「見たところ血痕などはありませんが、どのへんから検出されたんですか？」

「地下の天井とか、棚とかな。血痕のついた缶詰とかは鑑識が持っていった」

「被害者の血液で間違いないんですか？」

「ああ」

「壁の穴は何なんです？　誰かが脱獄でもしようとしたみたいな」

「さあな、事件に関係しているかどうかも定かではない」

「関係……してます……」

音野がぶるぶると震えながら云う。

「何？　あの穴が？」

「本当か、音野？」

「う、うん……たぶん想像通りだと思う……」

「おい、まさかもう事件の全容がわかったのか？」

さすがの岩飛警部も驚いている。

「い、いえっ、まだです、まだ、もうちょっと……」

それきり音野は黙ってしまった。何かを考え込んでいるようだ。あまり邪魔してもいけない。どうやら彼はかなり解決に近いところまで推理を展開させているようだ。

「何か足りないものがあるなら云ってくれ。用意するぞ」

「じゃ、じゃあ……ＵＦＯ研究会の人たちに、一つだけ質問が……」

「彼らにまた会いに行かなきゃならないのか。リーダーの子はかわいいからいいんだが、他が厄介だ。私一人で質問しに行くのも何だから、みんなで行こう。そうしよう」

我々はくつろぐ暇もなく、二つ隣のロッジへ急いだ。

ノックして扉を開けると、彼らは四人で横断幕のようなものを縫っていた。普通はスポーツの試合などで選手を応援するメッセージを書くものだが、彼らのそれには『地球はこわくない』と書かれていた。そんなメッセージがはたして何の役に立つのか……

「あ、名探偵さんたち、どうしたんですか」

如月が手を休めて我々を迎えてくれた。ああ、この子はこんなにかわいくていい子なのにＵＦＯ研究会の代表。

「一つお尋ねしたいことがありまして」

私がそう切り出し、後を音野に譲る。

「えっと……昨晩、何か大きな物音のような……変な音は聞こえませんでしたか?」

「変な音、ですか? ねえ、みんな、昨日の夜何か聞こえた?」

「ウンモ星人の声なら……」

「本田さん、そういうことではなく、何か大きな物音とか」

「あ、ほら、人喰いテレビ騒動の後、なんだかテレビの音がやたら聞こえてきたでしょ」眼鏡のおっさんが答える。「誰か映画見てるのかな、なんて話をしなかったっけ?」

「そうそう、そうでしたね」如月がにっこりと笑って答える。「あの騒動があって、私たちどうしようかと話し合っていたんです。オーナーに話しに行くべきか、それとも見なかったことにして放っておくか……テレビに人が食べられたなんて話をしても取り合ってもらえないと思ったので。で、そんな頃、突然テレビの音が聞こえてきたんです。たぶん洋画か何かを見ている音だと思うんですが……相当大きな音でした」

その音を聞いて、彼女たちは安心したという。日常的に聞こえる雑音が異常事態に対する不安を打ち消したのかもしれない。誰かがテレビを見ているだけだ、と彼女たちは自分自身を納得させた。そうして人喰いテレビ騒動はいったん落ち着いたらしいのだが。

「他に……もっと別の何か……物音は?」

「他には特に」如月がゆっくりと首を横に振る。「力になれなくてすみません、名探偵さん」

「いえ、充分です」

「人喰いテレビの謎、解けたんですか？」

「ええ、ほぼ」

「本当か、音野」

「うん……」

「じゃあぜひ聞かせてください！」

「わ……わかりました……」

我々は音野の提案でペンションに出向くことにした。ＵＦＯ研のメンバーは横断幕を作るのに忙しいということで、代表の如月だけがついてきた。

「代表、あとで我々にも名探偵さんの話を聞かせてくださいよ！」

彼らの声に送られながら、我々はロッジを出た。

5

「さて、それでは皆さん、今回の人喰いテレビ事件の真相を名探偵からお聞かせしたいと思います。さあ、音野、出番だ」

前口上はいつも私の役だ。いい役回りをもらっているようで気が引けるが、音野がやりたがらないのだから仕方ない。

ペンションの食堂に私と音野、そして岩飛警部、オーナーの宮木、UFO研代表の如月の五名が集まった。音野は椅子には座らずに、そわそわとテーブルの周りをうろついている。

「では……えっと……何処から話したらいいのか……」

「じゃあ音野、被害者の不自然な屍体状況について解説してくれ」

「あ、うん」音野は立ち止まり、心細そうに柱に寄りかかる。「ええと……事件の被害者には三つの謎が存在しました。一つは、上半身が裸にされていたということ。もう一つは奇妙な鈍器、最後の一つは切断された腕。実はこれらの三つの謎には、あるアイテムが共通して関わっていて、そこに思い至ることができれば……パズルのようにすべてが解けるのです……」

「あるアイテム？」

「今回の事件の鍵……と云い換えてもいいかもしれません。では……一つずつ謎について考えてみてください。まず上半身が裸にされていた理由。これは簡単です……犯人は被害者の服を剝ぎ取り、処分した……それは何故か。被害者の服に、一刻も早く処分しなければならない何らかの痕跡が付着してしまったから……そう考えられます。服を着せたまま屍体を放置することは、現場に証拠を残したまま立ち去るのと同じことだったのです……だから服を剝ぎ取ったのです」

混じりっけない王道の論理展開である。正しく推理すれば、音野と同じ結論に至ることは難しくないはずだ。もっとも、私はそんな推理すらぼんやりとしか思いつかなかったのだが。

「さて、次に奇妙な鈍器。犯人はあまり殺人に向いた凶器を用意していませんでした……妙に不手際です。突発的な殺人ならば仕方ないかもしれません……けれど本当に、身の回りにそんな凶器しかなかったのでしょうか。他にもっと、殺人に優れた道具はなかったのでしょうか……なかったとしたら仕方ありません……でも奇妙に感じるのは、完璧に殺そうと何度も執拗に殴りつけているわりに、その慎重さを、凶器を選ぶ段階で発揮しなかったこと……これはもしかすると発想の転換が必要かもしれません……犯人は相手を殺すのに充分な凶器を持っていながら、それを有効的に活用できず、結果頭を殴打しまくるということになってしまったのではないか？」

岩飛警部が云う。

「どういうことだ。云っている意味がわからん」

「つまり……犯人はある凶器を持っていたのですが……何らかの理由でそれを使えなかった、ということです。その凶器はある程度重量があり、鈍器にもなる。ただし本来は鈍器ではなく、もっと別の形態をした凶器……」

「それって、何ですか？」

「その答えは、三つ目の謎にも関わってきます……被害者の腕は肘から先が切断され、持ち去られていました。おそらくその腕は被害者の利き腕……普段からよく使う方の腕だったと思います。ではどうして犯人はわざわざ被害者の腕を切断し、持ち去るという行為に及んだのか。考え方は最初の謎と一緒です。持ち去られた服……持ち去られた腕……つまり被害者の腕にも、犯人にとっては見つかってはまずい何らかの証拠が残されてしまっていた。だから切断して持ち去るしかなかったのです」

「服と腕に残される痕跡……たとえば争った時に付着した犯人の血痕とか爪痕とかか？」

「いいえ……ここで二つ目の謎のことも思い出してください……これら三つの謎を解決するための、一つの鍵……アイテム……パズルの答え……それは」

「それは？」

「銃です」

「え……なんだって？」

「拳銃かライフル銃か、銃の種類まではわかりませんが……いずれにしろ銃を発砲すると必ず、撃った本人から硝煙反応が検出されます。たとえば手……たとえば服……銃を撃つ際に炸裂した火薬は、その残り滓の粉末を周囲に飛び散らします。これは警察の検査薬によって検出することができます。硝煙反応を調べれば、銃を撃ったかどうかが判別できるのです」

「待て、どういうことだ？　殺された被害者が銃を撃ったってことなのか？」

「おそらく……どういう理由があったかわかりませんが、被害者は銃を発砲しています。その痕跡がロッジの地下に残されていました。あれはおそらく弾痕です。今ではただの大きな穴になっていますが、それはある人物の手によって周囲をごっそりえぐられ、弾痕など一切残さないように処理されてしまったからです……」

「音野、わかりやすく最初から説明してくれないか」

「はい」音野はゆっくりと柱から身体を離す。「被害者はある方法で銃を手に入れました。これについてはまた後で説明します。銃を手に入れた被害者は、それを手に入れた嬉しさか、あるいは興奮からか、しばらく銃をいじっていたものと思われます……そして……多分実際に撃ってみたくなったのでしょう。彼は地下室に入り、銃を構えます。地下室に入ったのは、外に発砲音が伝わりにくいと考えたからでしょう。彼は実際に銃を撃ち、満足します」

「あの地下室でそんなことが……」

「あるいはまったく別の推理もできます。銃を手に入れた被害者が、たまたま地下に下りた際に、誤って銃を暴発させてしまった。いずれにしろ……被害者が銃を手に入れ、それを地下室で撃ったということまでは、確かだと思います……」

「それで、その後は？」

「幾ら地下室で発砲したとはいえ、聞く者が聞けばそれとわかるものです……ＵＦＯ研の人たちは発砲音には気づかなかったようですが……その発砲音を今回の事件の犯人が聞いていました。犯人は急いで被害者のところへ向かい、無闇に銃を撃つなと諭(さと)します。その時口論に発展したと思われます。犯人は相手から銃を奪い、そのグリップの底で被害者の頭を殴りつけました。どのような銃であれ、グリップの底は硬く、また重量もあり振り下ろせばそれなりに強力な一打になります。でも……鈍器としてはいまいちです。しかし銃を撃って相手を殺すわけにはいきません。これ以上発砲音を誰かに聞かれてはまずいからです……犯人はそうして被害者を殺害しました」

「銃で殴り殺したのか！」

「ええ。でも被害者の身体には、銃の存在を示す証拠がたくさん残っています。そこで犯人はまず硝煙反応が必ず出ると思われる服を剝ぎ取りました。次に手。被害者の手にはべったりと火薬の残滓（ざんし）が残っていて、万が一検査されれば硝煙反応が出ることは間違いありません。それだけはどうしても避けなければなりませんでした。被害者がどちらの手で発砲したのか、片手だったのか両手だったのか、それはあらかじめ被害者本人の口から云わせていたと思われます。犯人は少しでも銃に関する証拠を残さないために被害者の腕を切断して処分することにしました。一応念には念を入れて、肘から指先までを。被害者は長袖を着ていた可能性が高いので、火薬の付着はせいぜい手首までと考えられます、何も肘まで切断する必要はなかったと思いますが」

「ふむ……犯人は徹底的に銃の痕跡を消そうとしているな。そんなに銃の存在を知られたくなかったのか」

「そうですね……それが今回の事件の本質です。殺人そのものの動機とか……経緯とか……そういうことよりも重要だったのが、銃の存在。その臭いを一生懸命消そうとした犯人の行動。これが本質です」

「……しかしどっから銃が出てきたんだ？」

「テレビです」

「え？」

我々は同時に声を上げる。

「人喰いテレビがヒントになっていたんです……如月さんによって目撃された奇妙な現象。まるで被害者がテレビに食べられてしまったかのように見えた不気味な光景。それは冷静に考えればなんということはないんです。テレビの中が銃の隠し場所になっていたんです。被害者はテレビの中を覗き込んで、そこに置かれていた銃を手に入れただけのことなんです」

「テレビの中……？」

「部屋に置かれていたのはブラウン管型のテレビで、薄型の液晶テレビではありませんでした。大型のブラウン管テレビは、まるで一つの巨大な箱のようにも見えます。それをそのまま箱として利用していた人間がいるんです。つまり銃の隠し場所として」

「あの大きなテレビの中身を丸ごと抜いて、空っぽにしてたってことか？」

「そうです。中には充分なスペースができます。かなり大きめの銃でも隠せたのではないかと思います」

「なるほど……銃の不法所持か」

「で、でも、私がテレビに食べられる男の人を見た時、テレビは砂嵐の状態で、画面がついていたと思うんです。中身が空っぽのテレビでは、そんな画面さえ映らないと思うんですが……」

「きっと、ブラウン管テレビの枠の中に、同サイズの液晶画面を嵌め込んで、それを表面の蓋にしていたんだと思います。そうすれば普通にテレビを見ることもできて、他人から怪しまれる可能性が低くなります。液晶画面を巧く設置することさえできれば、一見して普通のフラット型ブラウン管テレビに見えたかもしれません。ただ、よく注意して見れば怪しい点はあると思います。たとえば画面を強めに指で押したらばれますが……そうそうあることではありません。もしかすると砂嵐のチャンネルが、その秘密の蓋を開くためのスイッチになっていたかもしれません。その砂嵐の画面の時にだけ、蓋となっている液晶画面が外れるような……」

「そんな大袈裟なものまで作って、テレビの中に銃を隠していたっていうのか」

「はい、そうだと思います」

「そのテレビの中に頭を突っ込んで、中の銃を取り出そうとしている姿が、まるでテレビに喰われた人みたいに見えたってことだな？」

「そうです……」

「それにしても、さっき俺たちがロッジのテレビを確認した時には何もおかしい点はなかったぜ。抱えてみたら確かに重かった。あれは本物のブラウン管テレビだ」

「すり替えたんです。犯人が。事件が公になれば、当然被害者が宿泊していたロッジにも警察が入るはずです。そうなればテレビの秘密がばれる可能性がある。そうなる前に犯人は秘密のテレビを普通のブラウン管テレビに戻しておいたんです。だから台座のへこみが少しずれていました」

「ってことはよ、事件が起きてから発覚するまでの間に、テレビをすり替えることができた人間が犯人ってことだよな。もうそんなやつ一人しかいねぇんじゃないのか……」

我々の目はついに犯人——オーナー宮木に向けられる。宮木はさきほどから顔面が青ざめ、息が荒い。

「当然、ロッジを管理している人間でなければ、テレビの改造からして無理です。おそらく犯人は、例のロッジを利用して銃の密売をしていたのです。顧客は主に一般の銃器マニア……銃をひそかに買う人間は必ずしもヤクザやマフィアとは限りません。一般生活を送っている善良な市民でも、時に趣味が高じて本物の銃を手にしたくなるのです。あのロッジは銃を買う場所。銃を買いたい人間はあのロッジの予約を取り、銃の受け取り方法を教えてもらうのです。特に普通の社会生活を送っている一般市民は、犯罪に手を染める際には慎重になります。路上の外国人から銃を買うなんて真似はできません。そのため、このように秘密裡に銃の密売をしている場所を選ぶのです。おそらく今までに何人も、あのロッジで秘密のテレビを介して銃の売買をしてきたと思われます。それが……人喰いテレビの真相です」

「すり替えた後、秘密のテレビは何処に隠した？」

「ここに……ペンションにあると思いますよ。後ろめたい代物は自分の近くに置いておきたいでしょうし……それにさっき、一度こちらに伺った時、テレビの音が聞こえてました。テレビが何処かにあるのは確かです……」

岩飛警部が立ち上がり、ペンションの奥へ駆けていった。

「テレビの音といえば、私たちが昨夜人喰いテレビ騒動の後に聞いた、大きなテレビの音はなんだったんでしょう？」

如月が尋ねる。

「犯人は最初の銃声がUFO研の人たちにも聞こえたと思っていたんです。それをごまかすためにテレビの音を利用しました。もし銃声を聞かれていても『テレビの音だったかもしれない』と思わせることができれば成功。そのためのテレビ音声でした。犯人はそこまで厳重に、音、火薬、あらゆる点で銃の証拠を消そうとしたのです」

音野が説明し終えた直後に、ペンションの奥から乱暴な音が聞こえてきた。岩飛警部が目的のものを見つけたらしい。彼が帰ってきた時、その手には大型テレビの外枠と思しきプラスティックの塊が握られていた。

「見つけたぜ」岩飛警部はそれを投げ捨てる。「被害者の切断された腕も、テレビの中に隠されていたぞ。宮木……何か云いたいことはあるか？　もう云い逃れはできねえぜ」

岩飛警部がゆっくりと立ち上がる。

「わ、私はやっていない！」宮木は椅子を蹴るようにして立ち上がり、後ずさった。「銃の密売は認める、探偵の云う通りだ。だが殺しはやってない！　あいつが勝手に銃の暴発で怪我をしやがったんだ。あれほど本物の銃の扱いには気をつけろと云ったのに……にわかのマニアほど本物をなめる！　俺はやつを救うわけにはいかなかった。病院に送れば銃の密売がばれる。今まで銃で幾ら稼いできたと思ってるんだ。今さらこんな旨い商売やめられない。銃の存在だけは誰にも気づかれてはならない。だから黙ってもらうしかなかったんだよ」

「殺してないだと？　お前が殺したんだよ、宮木！　頭部の打撲が致命傷だ。傷に生活反応もある。お前が殺人犯だ！」

「ち、違う、あいつが悪いんだ！」

宮木はとうとう恐慌をきたし、ペンションを飛び出していった。

「しまった！」

慌てて追う岩飛警部。

私と如月も一緒に立ち上がり岩飛警部を追う。

ペンションを出ると、宮木の姿はすでに数十メートル先。

しかし彼のさらに数メートル先に、ＵＦＯ研のメンバーたちが並んで立っていた。

「代表！　横断幕ができました！」

事情がよく呑み込めていない彼らは、道一杯に横断幕を広げて成果を見せびらかす。

『地球はこわくない』

脱走する宮木は突然広げられた横断幕を前に逃げ場を失う。そのまま走る速度をゆるめることができずに、ＵＦＯ研のメンバーたちの中へダイブ。

我々が彼らのところに着いた時には、ＵＦＯ研のメンバーたちと共に、横断幕に包まれて昏倒する宮木の姿があった。

音楽は凶器じゃない

1

六年前の事件当日。

その日は朝から土砂降りだった。聖イザベル学園高校の職員室から見える風景もいつもより暗く沈んでいた。

放課後、当時まだ二十代だった数学担当の教師、朝本(あさもと)は職員室に残って煩雑な事務作業をこなしていた。時刻は午後五時。雨のせいもあってか、窓の外は夜更け同然の暗さになり始めていた。早々に帰宅する教師も多く、職員室はがらんとしていた。

朝本の座る席からは窓の外の風景がよく見渡せる。雨の降る中庭の向こうには、蛍光灯によって煌々(こうこう)と照らされた実習棟の廊下が窺(うかが)えた。周囲が暗いだけに、廊下を行き交う生徒たちの姿がはっきりと見える。さきほど、ちょうど正面に見える音楽室に藤池伊代(ふじいけいよ)という音楽担当の教師と、一人の女子生徒が一緒に入っていくところが見えた。それ以降、実習棟を通り抜ける生徒の姿はなかった。常に廊下を監視していたわけではないが、誰かがそこを通過すればいやでも目に付く。朝本は仕事がはかどらず、その日、窓の外を眺めている時間が多かった。

異変は午後六時半頃に起きた。

朝本は何処からか窓硝子が割れるような音を聞いた。最初は特に気にもせず、自分の仕事を続けていたのだが、ややあってから今の音が気がかりになってきた。あまり聞き慣れない音だ。

職員室に残っていた他の教師たちもその音に気づいたようである。教師たちは相談し合い、誰かが見回りに出ることになった。その役は当然、当時一番若かった朝本に回ってきた。

ぐるりと校内を回ってみたが異状はなく、騒いでいる生徒たちもいなかった。

最後に音楽室へ向かい、ドアをノックしてみた。中にはまだ藤池と女子生徒がいるはずである。ドアには覗き窓がないので、その時点では室内の様子は窺えなかった。

何度かノックしても返事がないので、朝本はドアを引いてみた。ところが開かない。鍵がかけられている。ドアの隙間からは明かりが零れており、まだ中に誰かがいるように思われた。それに職員室から窓越しにこちらを見ている間、このドアから藤池たちが出てくることはなかった。彼女たちはまだ室内にいるはずだ。それとも校舎を見回っている間に部屋を後にしたのだろうか。

最後に一声かけてみたが反応がないので朝本は職員室へ引き返した。音楽室の鍵はまだ返却されていなかった。他の教師に尋ねてみたが、藤池は職員室に帰ってきていないという。

朝本はいよいよ不審に思い、校舎の外から音楽室の中を窺うことにした。幸い音楽室は一階にある。朝本は傘をさして校舎の裏口から外に出ると、音楽室へ向かった。

音楽室の窓が見えてきた。

遠目にも、一枚の窓硝子が割られていることがわかった。

窓から室内を覗くと、まず女子生徒が身体を横向きにしてドアの近くに倒れているのが見えた。室内は荒らされ、ケースに入れられたままの楽器が散乱していた。

そしてグランドピアノの陰には、ぐったりとうつ伏せになっている藤池伊代の姿があった。

朝本は割れた窓から侵入して二人の容態を確認し、すぐに警察と救急車を呼んだ。

藤池はすでに死亡しており、女子生徒は頭部を殴られ怪我(けが)をしていたものの一命を取り留めた。

救出された女子生徒の話によると、音楽室にひそんでいた何者かに突然襲われ気を失ったという。音楽室に入った時点では、室内は荒らされていなかったらしい。

事件の状況や、彼女の証言から、高価な楽器を盗もうとした泥棒が藤池たちと鉢合わせし、暴行を働いた後、窓硝子を割って逃亡したと推察された。

六年経った今もなお、犯人は捕まっていない。

2

我らが探偵事務所の一応の主(あるじ)、音野順(おとのじゅん)はさきほどから警戒態勢に入っていた。というのも、昼頃からある人物が事務所を訪れ、きゃっきゃと騒ぎまくっているからである。ただでさえ人見知りの激しい音野順ではあるが、とりわけ彼女に関しては苦手なようだ。

彼女の名は笹川蘭。以前、我々が携わった事件の関係者である。彼女の祖父は自称発明家で、あるささいな発明から財を成したのだが、事件の被害者として、莫大な遺産を残して亡くなってしまった。結果として遺産はすべて蘭に受け継がれることになったのだが、彼女は未成年であったため、弁護士が後見人として遺産を管理している状態にある。

事件後、彼女は我々の事務所に遊びに来るようになった。最初は事件解決のお礼を云いに来たのだと、殊勝な態度を見せてはいたが、何度か足を運ぶにつれ、我々の活動に興味を示し始め、しまいには用がなくても遊びに来るようになってしまった。

ただでさえ寂れた我々の事務所に、女子高生という可憐な華が咲くのはおおいに結構なのだが、問題は音野の警戒態勢である。彼はなかなか他人と打ち解けない。蘭が遊びに来る日は、部屋に閉じこもって何かをしている（おそらく彼の趣味であるドミノを一心不乱に並べているに違いない）。まれに閉じこもっていない時でも、椅子の上で身体を硬くし、ぎゅっと握ったこぶしを膝の上に置いたまま、蘭のことをびくびくした様子でじっと見つめている。蘭がちょっとでも大きな動きを取ろうものなら、音野はさらに硬直する。蘭はそんな音野を見て、特に気にする様子でもないのだが、話しかけようにも話しかけられない雰囲気に依然として慣れないようだ。

いつまでこんな状態が続くのやら。

そんな春のある日、またしても蘭が事務所に遊びにやってきた。

「白瀬さん、名探偵さん、ついに新発明ができたんです！」

蘭は入ってくるなり騒ぎ始めた。ちなみに彼女は祖父の遺志を継いで、発明家になるつもりらしい。エジソンの伝記を読んだ後の小学生でも、今時そんなことは口にしないと思われるが、彼女はどうやら本気だった。

「へえ、どんなやつ？」

私は読みかけの文庫本を置いて、彼女のためにコーヒーを用意することにした。

「名づけて『新世紀からまないくん』です」

「なんだって？」

「『新世紀からまないくん』。祖父が発明した『からまないくん』の二十一世紀バージョンです。ちなみに祖父の『からまないくん』は、イヤホンのコードが絡まないように、コードの途中途中にマジックテープやボタン式のクリップを挟んでおき、これをお互いに接着することでからまないようにしていました。しかし！　私の発明した『新世紀からまないくん』はリール式です。イヤホンのコードをすべてこの四角い箱の中のリールに収納するんです。使用する時にはこうしてコードを引っ張り出す。バッグなどにしまう時には、ここのボタンを押すと、ほら！」

シュッと音を立てて、コードが四角い小さな箱の中に収納された。箱の大きさもせいぜい名刺の半分程度でかさばらない。

「これはすごいな」私は感心して云った。「『からまないくん』が二十一世紀型に進化した」

「でしょう！」

「さすが発明家の孫だ。なあ、音野？」

音野は隅っこの椅子の上で、飲みかけのコーヒーカップを手にしたまま、じっとこちらの様子を窺っていた。

「それと似たやつ、電気屋さんで見たことある……」

小声でそう云った音野の口を、私は慌てて塞いだ。

「え？　どうかしましたか？」

「いや、なんでもないよ、なんでもない」

「その試作品第一号は名探偵さんに差し上げます」

「よかったなあ、音野」

「あ……ありが……とう」

音野は複雑そうな顔でそれを受け取ると、逃げるように自分の部屋へ戻ってしまった。

「いつまで経ってもあんな調子で悪いね、蘭ちゃん」

「ううん、全然構いません」

本当に全然構わないといった様子で答える蘭。実際、彼女は音野がどのような態度でいようとも、あまり気にかけていない。できることならもっと仲良くなりたいとは思っているようだが。

「そうだな……何か事件はない？」私は腕組みして云う。「事件の依頼者としてなら、ある程度音野とも近づけるんじゃないか？」

「事件ですか」

　蘭は丸い目をくりくりさせながら考え込む。

「ささいな謎でも構わないよ。日常の謎系というか……最近そっちのさわやかな感じの事件がないんでネタに困ってるんだ」

「あ、そういえば！」

「さわやかな事件、ある？」

「いいえ、殺人事件なんですけど」

「そ、そう。まあ構わないよ。むしろ得意分野だ」

「私の通っている高校で六年前に起きた事件らしいんですけど、まだ犯人が捕まっていないんです」

「六年前か。結構時間が過ぎてるな」

「私の学校には『使われない音楽室』というのがあって、例によって七不思議の一つみたいな話になっているんですけど、実際にそこで殺人事件があったそうなんです。当時からいる先生が内緒で教えてくれました。第一発見者は朝本先生っていう数学の先生で、今でも数学担当で授業を受け持っていますよ」

「第一発見者が先生か」

「はい。しかも殺されたのは音楽の先生です。あ、あと音楽室で一緒に女子生徒も倒れていて、犯人に殴られて気絶したと証言しているんです」

「ふむ、とりあえず音野を交えて事件の話を聞こうか」

私と蘭は音野の部屋をノックした。彼の部屋が事件の依頼を受ける応接間ということになっているのだが、最近室内にごちゃごちゃといろいろなものが増えてきて、もう何の部屋だかわからなくなり始めている。あの古ぼけたトースターなんか、一体誰が買ったのだろう。

「音野、事件の依頼だぞ」

「依頼？」

音野は机に伏せていた顔を上げて云った。

「そう、蘭ちゃんから」

「はい」蘭はかしこまって絨毯(じゅうたん)の上に正座した。「私の学校で起きた六年前の事件を解決してください」

「事件……」

「どうやら本当の殺人事件のようだ」

「はい、本当の殺人事件です」

蘭は聖イザベル学園高校の音楽室で六年前に起こった殺人事件を語り始めた。

状況としては、高価な楽器を狙って侵入した犯人に、教師と生徒が殴り倒されたという強盗殺人事件のようなのだが……

「新聞などでも楽器を狙った強盗事件のように扱われたそうなのですが、後で調べたところ、実際には盗まれた楽器は一つもなかったそうなんです」

「ふうむ、音楽室には高価な楽器がたくさんあったの？」

「そうみたいです。でも高価な楽器といっても、有名なストラディバリウスとか、世界に数台とかいうものではなく、百万円のバイオリンとか、五十万円のフルートとか……楽器としては普通だけど、金銭的な価値としてはそれなりというか」

「でもわざわざ学校の音楽室に忍び込んで楽器を盗むなんて話はあまり聞かないな」

「そうですね。逆に盲点といえば盲点かと」

「でも実際は盗まれていない？」

「はい。部屋は荒らされていたそうなんですけど、盗まれた楽器はなかったそうです」

「じゃあ何故（なぜ）音楽室が荒らされていたんだろう。やはり盗む目的で入ったものの、めぼしいものが一つもなかったからなのかな」

「あるいは、盗み出している時間がなかったとか。被害者たちと鉢合わせになったために、急いで逃げたのかもしれません」

あり得る話だ。しかし話によれば、犯人は被害者たちより後に部屋に侵入したのではなく、被害者たちが来る前から部屋に潜んでいたと考えられる。そこにたまたま被害者たちが入ってきて、どうにも逃げ出せなくなった犯人は二人を殴り倒し、窓を割って外へ逃亡した……

「でも外へ逃げるのに……どうして窓硝子を割ったのかな……普通に窓を開けて外に出れば……」

音野が口を挟んだ。音野が自発的に喋ったことで、蘭は少し嬉しそうだ。

「実は実習棟の一階の窓はほとんど嵌め殺しというか、人が通れるほど開かないようになっているんです。セキュリティのことを考えたうえでそんなふうになっていると思います。窓から外に出るには、硝子を割って人が通れるくらいの穴を開けないといけません」

「それなら窓を割ったりせずに、ドアから逃げればよかったのに」

「目撃者の朝本先生の話によるとですね、職員室の窓から音楽室の入り口が丸見えなんだそうです。だから誰か出入りすればすぐにわかるらしいです。そのことを犯人が知っていたとすれば、ドアから逃げ出すのにためらいを覚えたとしてもおかしくないと思います」

なかなか的確な推理である。

事件現場の唯一の出入り口は監視下にあるということか。

「事件当日も、朝本先生は音楽室に入る被害者二人を目撃しています」

「でも犯人が音楽室を出入りするところは見ていないんだな」

「はい。なので犯人が音楽室に忍び込んだのだとしたら、放課後より前ということになります。放課後になってからは、音楽室の出入り口は朝本先生によって見張られていたような状態だったので、何者かがこっそり入ることはできなかったと思います」

「音楽室の鍵は？」

「通常、使用する鍵は職員室にあって、当日は被害者である藤池先生が持っていったみたいです。それ以前については、誰が持ち出したかということまではわかりません。もしかしたら合鍵も簡単に作ることができる状況だったと思います。ちなみに事件後の捜査で、鍵は被害者の藤池先生が持ったままであったことがわかりました」

「状況から推察するに、犯人は学校関係者である可能性が高いね」

「ええ。警察も学校関係者に絞って捜査をしていたみたいですが、未だに犯人は見つかっていません」

「六年前じゃ、当時の生徒はみんな卒業してるな。このままだと迷宮入りしそうだ」

「どうですか、名探偵さん。解決できそうですか？」

蘭は音野の方を向いて尋ねた。

「ううん……まだよくわからない……」

音野は難しそうな顔で俯いた。

「そうですか」蘭は少し首を傾げながら云う。「でもこの事件、変なんですよね」

「変って、何が？」

私は尋ねた。

「何かちぐはぐな感じがするんです。たとえば楽器を盗みに入ったのに、何も盗らずに逃げたとか。それについては、犯人の欲しい楽器がなかったから、という理由で何となく納得できなくもないですけど。でも他にも、窓硝子が割られたタイミングもおかしいですよね」

「ん？　どういうこと？」

私はコーヒーカップを置いて身を乗り出す。

「被害者の二人が音楽室に入ってから、窓硝子の割れる音が聞こえるまで、時間が長過ぎませんか？　もし犯人が音楽室にやってきた被害者たちと鉢合わせして、急遽二人を殴り倒してすぐに逃げたのだとすれば、もっと早い段階で窓硝子の割れる音が朝本先生たちに聞こえたはずです」

「二人が入った時点で室内は荒らされていなかったんだろう？　でも事件発覚の時点で室内は荒らされていた。つまり犯人は被害者と鉢合わせた後、二人を殴り倒し、その後で室内を物色していたわけだ。その物色の時間が、窓硝子の割れる音が聞こえるまでのタイムラグを生んだんじゃないのかな」

「だとすれば犯人が慌てて逃げたかのような現場の状況と矛盾するわけです」

「うん、そうだな」

　私は蘭の真っ直ぐな視線に負ける。

「つまり荒らされた室内は犯人によって作り出された偽装工作……犯人の目的は最初から楽器ではなく殺人だったのではないかと思うんです」

「なるほどなるほど」

「楽器が狙いでないとすれば、最初から二人の殺害が目的だったということになります。いいえ、二人ではなくどちらか片方が本命だったということも考えられます。結果的に見ると、殺害された藤池先生こそが狙いだったのかも」

「なんか君、とてもいい推理をしている気がするよ。なあ、音野？」

「あ、うん……」

「ほんとですか？　やったー」

「しかし最初から殺害するつもりなら、わざわざ学校内でやらなくてもいい気がするな。しかも現場が監視下に置かれる時間帯に犯行を企てるなんて」

私はコーヒーをすすりながら云った。

「そっか！　それこそが犯人の狙いだったのではありませんか？　監視状況にある入り口を巧く計画に組み込んで……」

「うん、しかし何かがずれている気がする。わざわざ監視下で『見せる』犯罪を行なうに値するメリットが犯人にあったのだろうか」

私は唸りながら、音野の方を見遣った。音野は指先で机の上に意味のない図形を描いている。

「音野、君から何か意見はないのか？」

「意見……」音野は口ごもる。「わからないことが……」

「どうぞ、質問があれば私が知ってる範囲で答えます」

「……凶器は？」

「二人とも殴られたということなので、何かの鈍器で間違いないと思います。これは後から図書館の新聞記事で調べたのですが、警察ではバットのようなもの、と推測していたようです」

「六年前の事件なのにやけに詳しいと思ったら、色々と調べていたんだね」

私が云うと、蘭は照れたような笑みを浮かべた。

「ちょっと前に友達と話している時、『使われない音楽室』の話題が出たので、気になって調べたんです」

「事件の情報は多い方が助かる」

「私も探偵になれますかね？」

「それはまだ早いな」

私は冗談っぽく云った。

「バットのようなもの……」

音野はまだ凶器を気にしている様子だ。

「殴られて気絶した女子生徒は、犯人を目撃していない？」

私は音野に代わって尋ねた。

「その点に関しては『何も覚えていない』としか答えられなかったそうです。殴られたショックで記憶を失っていると診断されたとか。もしも犯人の顔を見ていたとしたら、殺されていたかもしれませんね。事件の一部始終を見ることなく気絶してしまったのは、彼女にとって運が良かったかもしれません」

「ところでその女子生徒は、放課後の音楽室で先生と二人で何をしていたんだろう？」

「彼女自身の話では、進路についての相談をしていたそうです。当時、彼女は三年生でした。ちなみに名前は落合彩（おちあいあや）さん。今はもう大学も卒業して就職しているか、それとも結婚して主婦になっているか……卒業名簿を調べたら、落合さんは音楽大学に進んだようなので、音楽関係の仕事をしているかもしれませんね」

「音楽関係か」

事件現場は音楽室。散乱していた楽器。殺された音楽教師。音楽大学に進学した女子生徒。これらの繋がりは果たして偶然か、それとも何か意味のある暗合なのか。

「どうだい、音野？」

「うん……一つだけわからないのは、凶器……」

「それはさっきも聞いたぞ」私は云いながら、ふと気づいた。「わからないのは『一つだけ』なのか？ 他は？」

「他はだいたいわかる……多分……間違ってないと思う」

「え？」蘭も思わず聞き返す。「他はだいたいわかるって、事件のことですよね？ 今の話を聞いただけでわかったんですか？」

「う、うん……」

「犯人は？」

「現場で倒れていた女子生徒」

「落合彩さん？」

私と蘭は顔を見合わせた。

「だって他にいない」

「いや、まあ確かに怪しいといえば怪しいが、それでも犯人扱いするのは早計じゃないか？

何の根拠があって犯人だって云えるんだ」

「窓硝子……」音野は考え込むように云った。「やっぱり窓硝子を割るのはおかしいんだ」

「うん、それは私も少しは考えたが」

「仮に『もし窓硝子が割られていなかったら』ということを考えると……事件の発覚は確実に、もっと後になっていたはず。朝本という先生も、校内を見回らずに帰宅していたと思う。そうすればドアから堂々と出られるチャンスが幾らでもあった」

「でも朝本先生を含め、他の先生たちがいつ帰るかなんてわからないじゃないか。もしかしたら学校が閉まるぎりぎりまで誰かいたかもしれない」

「その可能性は充分あるよ……でも同じくらいの確率で、誰にも見つからない可能性もあった。何故犯人はその可能性にかけなかったのか？　まだ事件は発覚していない。それならその状況を利用し、待つことは幾らでもできたはずなんだ。犯人の身になって考えてみれば、当然のことじゃないかな。誰にも気づかれずに忍び込んだのだから、自分の存在はまだ露見していない……それならぎりぎりのところまで、隠れることを選択するんじゃないだろうか……」

「確かにそうだな」

「でも犯人はわざわざ窓硝子を割って外に飛び出した。窓硝子を割れば大きな音がして誰かに気づかれるのは予想がつく……それまで隠れていたのに、どうしてそこで今までとは違う行動に出たのだろう。被害者たちと鉢合わせして恐慌をきたしたから？　それもあるかもしれない。屍体を前にして怖気づいた？　でもそれにしては、楽器を物色している余裕と矛盾する。それならどうして窓硝子を割ったのだろう？　むしろ窓硝子を割ることによって、事件そのものを第三者に気づいてもらおうとするかのような……」

「事件を気づいてもらう？」

「早い段階で楽器強盗の存在を印象づけることができる。窓硝子を割ったのは、事件を発覚させようという狙いがあったんだよ」

「ふむ。それで、真相としてはどういうことになるんだ？」

「楽器強盗の犯人なんて最初からいなかった。すべて自作自演の狂言……」

「うーん、そういうふうに考えることもできるかもしれんが」

私はいまいち納得できなかった。落合彩は確かに疑わしい。だが疑わしいからこそ、冷静に判断しなければ、安易に濡れ衣を着せることになってしまうのではないだろうか。

「実をいうと」蘭が居住まいを正す。「当初の警察の見解も、名探偵さんが云ったのと同じでした。まず落合さんが疑われたんです。落合さんの供述は一貫していましたが、どれだけ捜査しても『謎の楽器強盗』なんて人物は浮上してこなかったんですね。それで結局、狂言が疑われたんです。落合さんが藤池先生を殺害し、存在しない楽器強盗をでっちあげ、罪を免れようとしたのではないか、と」

「なんだ、ここまでは模範解答というわけか」

私は拍子抜けした。

「でもその解答が正しいとは誰にも証明されていないんです。事実、落合さんは逮捕されていませんし」

「そうだな。しかしそこまでわかっていて、警察はどうして彼女を逮捕できなかったんだろう？」

「落合さんは身の潔白を証明することができたからです」

「へえ？　どうやって？」

「凶器がないんです」

「凶器？」

「朝本先生の証言では、被害者の二人が音楽室に入ってから、事件が起きるまでの間、誰も部屋に出入りしなかったそうです。また音楽室の前を通りかかる人もいなかった。窓硝子が割れる音を聞いてから、現場に着くまで長くて十五分。もし仮に落合さんが藤池先生を殺害したのだとすれば、手元に凶器が残るはず。ところが事件発覚時、落合さんは何も持っていなかった」

「十五分の間に、何処かに隠すことはできるだろう？」

「そうなんですが……朝本先生が見回りしている間も、音楽室に出入りした者はいなかったと、他の教師が証言しました。つまり事件が発覚するまで、落合さんはもとより、誰も音楽室に出入りしていません」

「窓は？　窓が割られてるんだから、そこから出入りして、凶器を何処かに隠したとも考えられる」

「そんなことをしたら落合さんはびしょ濡れになってしまいます。当日、ひどい雨だったそうなんですが、朝本先生が見た限り落合さんの服が濡れている様子はなかったそうです。ちなみに窓の下の足跡は、大雨のために朝本先生のもの以外一切採取できなかったそうです」

「びしょ濡れにならないように傘とか雨合羽を使えば……あ、でも結局それを何処かに隠さないといけないいな」

「たぶん凶器は外にはない……」音野が呟いた。「犯人は凶器を外に隠しに行かなかったはず。もし外に行くなら、ついでに楽器強盗の存在の信憑性を高めるために、どれか適当に楽器を盗んで、凶器と一緒に何処かに隠していたはず」

「ああ、そういえば楽器は盗まれていないいんだよな」

「あえて楽器を盗まなかったのではなく……楽器を盗んでも隠すことができないからそのままにした……そう考えた方がいいよ」

「しかし、それじゃ凶器は？　凶器は何処に消えたんだ？」

「それなんです！」蘭が突然大きな声を出す。「落合さんを犯人と仮定した場合、状況から考えて、凶器は現場になければおかしいんです。けれども何処にも凶器はなかった。つまり犯人は落合さんではない。やはり楽器強盗が被害者二人を襲った後、凶器を持ったまま逃走した、という見解に落ち着いたのです」

「なるほどね、それで未だに強盗犯は見つからず、ってわけか」

「どう思いますか、名探偵さん。本当に何処の誰とも知れない強盗犯の仕業なんでしょうか。それとも落合さんが犯人で間違いないいんでしょうか」

「凶器さえ見つかれば……」

音野はうろたえたように云った。

「しかしなあ、凶器はバットみたいな鈍器なんだろう？　そんなもんなかなか隠せるものじゃないだろう。当然警察が現場を調べつくしているだろうし」私は椅子の背もたれに寄りかかった。「そうだ、伸縮式の警棒みたいな武器なんかどうだろう。それこそ警察官が持っているようなやつ。それをスカートの中とか、下着の中とかに隠しておけば見つからずに持ち出せたかもしれない」

「落合さんは事件後そのまま病院に運ばれて、一週間くらい入院しているので、なかなか隠し通すのは難しかったのではないかと思います」

「ううむ」

「私が考えたのは、ベタですけど、氷の棒です。あらかじめ凍らせた氷柱を音楽室に隠しておいて、藤池先生を殺害後、窓の外に捨てるんです。警察が来る頃までには雨で溶けてしまっているはずです」

「まあ有りえる話だけど……」

「ええ？　だめですか？」

「氷柱をガチガチの状態で現場に保存しておくのが難しいな。事件の起きた季節は？」

「進路相談の頃だから、秋かな？」

「少なくともクーラーボックスとか……分厚い毛布とか、保温性の高いものが必要だろうな。

しかしそんなものを持ち込んだら、今度はそれらが見つかってしまう」

「そうですね……」

「消えた凶器か。六年前の事件だから、さすがに現場は変わってしまってるだろうし、今から探したところで見つからないだろうな」

「事件以降は、その音楽室は使われていないんです。だから『使われない音楽室』なんです。でも授業で使わないだけで、噂を知らない子たちは、無邪気にピアノをいじったりしてるみたいです。その部屋のピアノは貸し出してもらえるんですよ」

「ピアノか。それも当時からあったやつかな？」

「そうだと思います。さすがにピアノ以外の楽器は運び出されて厳重に管理されるようになりました。それなので、事件当時から今でもあるのはグランドピアノだけですね」

「ふうん。しかしピアノじゃ重たすぎて人の頭は殴れないからな」

「名探偵さん、今度その音楽室に来てみますか？　もしかしたら何か見つかるかもしれません」

「いやいや、待てよ」私は慌てて云う。「君の学校って、女子校だろ。最近は学校に部外者が立ち入ることは固く禁止されているんだ。そのうえ女子校だなんて」

「ちゃんと説明してから入ればいいんじゃないんですか？　お二人ともれっきとした探偵なんですから」

「そう簡単に入れてもらえるとは思えないけど」

「大丈夫です、私が何とかしますから」蘭は云いながら力強く拳を上げる。「今度の日曜日にしましょう。私から事務の方に話を通しておきますから、安心して来てください」

「ううむ、いいんだろうか？　音野」

「い……いやだ……」

「心配は無用ですよ、名探偵さん。日曜日に学校の前で待ってますから、来てくださいね。一緒に事件を解決しましょう！」蘭は鞄を持って立ち上がった。「それじゃあ、今日はそろそろ帰りますね」

音野は絶望的な顔つきで、部屋を出ていく蘭を見送るのだった。

3

聖イザベル学園高校は高級住宅地にあり、一見すると聖堂のような趣（おもむき）の建物であった。この辺りでは有名なお嬢様学校である。日曜日の朝、嫌がる音野を引っ張り出して、我々はどうにか校門の前までやってきた。

制服姿の蘭が手を振りながら校舎から出てきて、我々を出迎えた。

「あら、どうしたんですか、白瀬さん。スーツなんか着て」

「いや、やっぱりそれなりの恰好しないとね。不審者に思われたら困るし」

「ははは、大丈夫ですよ」

ちなみに音野はいつも通り、気合がまったく入っていないカッターシャツにスラックスである。

「それじゃあ、早速音楽室に行きましょう」

「あれ、事務室は？」

「私が書類を出しておいたのでオッケーです」

「いいのかな……」

私は不安な心持ちのまま昇降口をくぐり、スリッパに履き替えて校舎の中に入った。生徒たちの姿はない。

「ところで蘭ちゃんは大学決まったの？」

「はい。ああ、でも幾つか合格しているので、今は何処にしようか悩んでいるところです」

彼女はまもなくこの学校を卒業する。発明家になりたいそうだが、そのためにはどんなところに進学するといいのだろうか。

「事件について色々調べておきましたよ」そう云って蘭はメモ帳を取り出す。「落合さんが犯人だった場合の動機について調べてみたんですが……当時落合さんは推薦入学で音大を目指していて、それを藤池先生に止められていたという事情があったそうです」

「それが動機？」

「藤池先生は落合さんの推薦に反対していて、最後まで推薦文を書くことを拒否していたそうです。事件のあった日、音楽室で二人が会っていたのも、そのことに関する相談だったようですね」

「推薦文を書いてもらえなかったから殺した？」

「可能性としては。結局、藤池先生が死亡したことで別の教師が推薦文を書くことになり、落合さんは推薦入学することができました」

「進学のために邪魔になった、ってところか」

「それでも殺すのはひどいと思いますけどね……」

蘭の先導で我々はついに問題の音楽室にたどりついた。ドアは一箇所で、室内を覗くための窓などはついていない。音楽室というプレートがドアの上部につけられていた。

「では入りますよ」

蘭は鍵穴に鍵を差し込んで回した。

「あ、鍵」

「借りておきました」

いろいろと準備のいい子だな。

ドアをゆっくりと開けて中に入る。室内はそれほど禍々(まがまが)しい雰囲気には満ちておらず、どちらかといえば空っぽな印象だった。事実、中央に置かれたピアノ以外には何もない。四方の壁を見ると、音楽家たちの肖像画が貼られていたであろう跡が見受けられたが、肖像画そのものは何処にもなかった。

五線譜の引かれた黒板。誰かが悪戯(いたずら)したのか、そこに何かのメロディが書かれていた。

「ご覧の通り今はもう、ピアノ以外は何もないのですけれど」

「ここで藤池先生が殺されていたわけか」

私はピアノの椅子を引き出して、何気なくそこに座った。

「ピアノの横辺りに倒れていたそうです」

「ピアノを弾いている時にでも襲われたんだろうか」

私は鍵盤の蓋を開き、適当なところを押してみた。音はしっかりと出る。

「ふと思ったんですけど」蘭がピアノの上にメモ帳を広げながら云った。「やっぱり犯人は落合さんなんじゃないかと思うんです。というのも、強盗犯が最初からここに潜んでいて、鉢合わせした二人の女性を襲ったという話は無理がある気がするんですよね。だって、どちらかが襲われたら、当然残った片方は悲鳴を上げるでしょう。でも悲鳴を聞いた人は誰もいません。まあ、誰の耳にも聞こえなかっただけとも考えられますけれど。大雨の日でしたし」

「どちらか片方を襲っているうちにもう片方に逃げられる可能性もある」

「そうなんですよね……あ、そうそう、朝本先生とか他の先生たちに聞いて、当時の音楽室がどんな状況だったのか調べておきました」

蘭はメモ帳を指し示す。そこには楽器の名前や音楽家の肖像画の配置などが書かれていた。

楽器はバイオリン、チェロ、ビオラ、トランペット、トロンボーン、シンバル……その他吹奏楽部で使われる楽器が倉庫から追いやられて音楽室に並べられていたという。それぞれ楽器は専用のケースに入れられていた。ケースに入っていなかったのはシンバルだけ。それぞれの楽器が置かれていた場所、並び方などは誰も覚えていない。そのため記憶から零れている楽器がないとも否定できない。さすがに六年前に雑多に置かれていたものを記憶している人間はいないだろう。ちなみにバイオリンは一挺百万円はするそうで、当時はこれが強盗に狙われたのだと考えられていた。

また壁に貼られていた肖像画はベートーベン、ショパン、モーツァルトといったメジャーなクラシックの音楽家たちである。肖像画といってもほとんどポスターみたいなもので、テープで壁に貼られていただけらしい。これらは長年貼られていたせいか、シワや汚れが目立ったため、事件と前後して撤去されたようだ。

その他、事件当時音楽室内にあったものは、指揮台、メトロノーム、CDラジカセ、教卓、それに生徒用の椅子が何脚か、といった音楽の授業に用いられる道具の数々である。今はなくなっているが、かつては部屋の隅に木製の棚があり、そこに教材用のクラシックCDが並べられていたという。あらゆる作曲家の音楽を網羅し、全部で百五十枚はあったらしい。

「話を整理しよう。最初、事件は強盗犯によるものと思われていたが、やがて現場に倒れていた落合という女子生徒の犯行ではないかと疑われる。しかし状況から考えて、彼女は凶器を何処かに隠しに行くことはできなかったと考えられ、逮捕されることはなかった」

「彼女が犯人だとすれば、凶器は消えてしまったとしか考えられませんね」蘭が続ける。「はたして凶器は何処に消えたのか」

「音楽室から持ち出せなかったのは確実なんだから、この部屋の何処かに隠したんじゃないかと思うんだが」

私は床のタイルに目を走らせる。常識的に考えて、学校の床下に秘密の空間などあるはずもない。では黒板の裏はどうか？　もちろん黒板は外れない。天井は？　見たところ蓋のように外れる箇所はない。

「楽器の中に凶器を隠したんじゃないか？」私は思いつきで云った。「たとえば鉄棒のようなものを、トランペットの口の中に差し込んでおくとか」

「あり得ますね！」

蘭が手を叩いて云ったが、音野はさきほどから黙ったまま壁を見つめている。

「そもそもトランペットを分解すれば棒状の鈍器になり得るんじゃないか？」

「壊れますよ、そんなので人を殴ったら」

「それもそうだ」

二人で笑う。

さすがに今回は六年も前の事件なので私はあまり緊張感を抱かず、ちょっとしたクイズに挑むつもりでいた。しかし音野はいつもと変わらず、難しげな表情で何かを見つめている。彼にとっては六年という時間も、殺人事件という重大な出来事を風化させるのに充分ではないのだろう。

「どうした、音野？」

音野はさきほどから壁のシミを見ていた。肖像画が飾ってあったと思しきところだ。

「う、うん……あのシミに手が届くかな……と思って……」

「普通に届くだろう？」

我々の中では一番背の低い蘭が手を伸ばしても、肖像画の飾ってあったところに届く。

「まさか肖像画が凶器だった、なんて云うんじゃないだろうな？　ペラペラのポスターみたいなものを丸めて棒状にしても、人は殺せないぞ」

「ううん……」

音野は否定しかけて、すぐにやめた。

「どうした？　まさか本当に肖像画のポスターで人が殴り殺せるとか？」

「どうだろう……やってみないとわからない」

音野はゆっくりとピアノに近づき、メモ帳をじっくりと眺めた。そして何かを思いついたように振り返り、部屋の隅っこまで歩いていった。

「名探偵さん、大丈夫でしょうか？」

「いつもこんなだから大丈夫だよ」私は音野を見習って、あらためて蘭のメモ帳を眺めた。

「この中で凶器になりそうなのは、やっぱり楽器だよな。しかしバットのような……棒状の鈍器になりそうなものはないね」

「バットのような鈍器って、どんな感じでしょう？」

「棒状で、バールよりも太くて、角ばってない感じかな？　しかしそんなもの本当にこの中の何処かに隠すことができたのかな」

私は試しにピアノの筐体の蓋を開けてみた。ここにはピアノが音を奏でるための弦やハンマーなどが詰め込まれている。ただしぎっちりと詰まっているわけではなく、かなりスペースが空いている。多少大きめのものでもここにしまうことができるだろう。

「こんなところに凶器を隠したところで、警察にすぐに見つけられてしまうよな。誰も凶器の存在に気づかなかったくらいだ。こんな簡単なところにはないだろう」

「凶器の存在に気づかなかった……やはりそうなんでしょうか？」

「ん？」

「二つパターンが考えられると思うんですよ。一つは本当に消えてしまった。もう一つは消えたわけではなく、誰にも気づかれないままそこに存在した」

「ああ、最初のパターンは前に云っていた氷柱とかだな。他にも食べられる凶器があるな。カチカチに固まったお餅とか、凍らせた大根とか。殺しに使った後でそれを食べるってのは正直、気味が悪い話だが」

「もう一つのパターンで云えば、いわゆる木の葉を隠すなら森に、というか、目立たない形でものを隠すやり方ですね。あるいは逆に、明らかに目につく形で置いてあったために、かえって疑われないとか」

「たとえばこのピアノ……」私は目の前のグランドピアノを眺め回す。「やはりだめだ、これは凶器にはなり得ない。足の部分が棒状といえば棒状だが、角ばってるし」

「動かないものを凶器にするという発想はあり得ますね。被害者の方をぶつける感じで殺害すれば、不可能ではありません」

しかしぶつけて殺害できるようなものは存在しない。やはりここには凶器などなかったのではないだろうか。

「そういえば落合さんも頭部を殴られているんだよな。自分で殴ったんだろうか？」

「そうなりますね」

そんな話をしているうちに、音野は再びピアノの傍に戻ってきた。

「どうした？　何か思いついたか？」

「CDラジカセ……」

「ラジカセ？」云いながら私は思いつく。「もしかしてラジカセ本体の中に凶器を隠したとか！」

「ええっ」

「蘭ちゃん、ここで使ってたCDラジカセはどんな形だった？　昔よく使われてたような大きいやつ？」

「そうです、スピーカーが左右に二つあって、横が一メートルくらいはありそうなでっかいやつです」

「それだ！　犯人はドライバーを隠し持っていて、裏蓋のネジを空けて中に凶器を隠したんだ」

私は立ち上がり、まさに天啓を得たつもりで云った。

ところが音野と蘭の反応は冷ややかなものだった。

「……そのドライバーは何処に隠すんですか？」

「むっ、そうだな」

「CDラジカセは……今は何処に？」

音野が尋ねる。

「同じ機種のラジカセなら今も使ってますけれど、この部屋に置かれていたやつは廃棄されたそうです」

「音野、やっぱりラジカセの中に凶器が隠されたまま、処分されたんじゃないのか？」

「それはないと思う……」音野は蘭の方を向く。「クラシックのCDは何処に？」

「それはわかりません。音楽室から撤去されたあと、しばらくは吹奏楽部の部室に置かれていたそうですけど、その後は何処にいったのかわかりません。部室にはもうありませんでした」

「そう……じゃあもう何もかも遅かったのかもしれない……」

音野は力なさそうに呟き、ピアノの椅子に座った。

「遅かったって、何が？」

「凶器……もうない……」

「ないって、そりゃここにはもう何もないけど」

「もう取り返せない可能性が高い」

「それってどういう……？」蘭が音野に顔を寄せる。「もしかして名探偵さん、消えた凶器の謎が解けたんですか？」

「うん……たぶん……これしかないし……」

「消えた凶器は一体何だったのですか？」

「それは音楽……ううん、音楽は凶器じゃない」

「何のことを云っているのかさっぱりです」

蘭は私の方を向いた。

「音野」私は音野の肩を叩いた。「しっかりしてくれ、消えた凶器が何だったのかわかったんだろう？」

「うん……説明するにはまずＣＤが必要……」

「あ、さっき買ったばかりのＣＤならありますよ」

蘭はバッグからオレンジ色の包みを取り出した。ここに来る途中で買ってきたものらしい。女性ボーカルの洋楽盤だった。蘭は包みを破って中からＣＤを取り出した。

「これでいいんですか？」

音野は肯く。

「もしかしてこれが凶器？」

音野は再び肯く。

「ＣＤが凶器ってどういうことだ？　こんなもの鈍器でも何でもないぞ」

「これと……メモ用紙を一枚」

そう云って音野は蘭からメモ用紙を受け取った。一枚だけ破って、それをくるくると筒のように丸める。

「音楽家の肖像画をこんなふうに丸めて……」

「うむ。それで？」

「この筒状になったものを、ＣＤの中心の輪に差し込む」

筒の先端にＣＤが一枚刺さっている。

そんな謎の物体ができた。

「これはＣＤ一枚だけで作ったものだから、こうして不恰好なものにしかならないけど……たとえばＣＤが百五十枚あるとしたら……？」

一般的なＣＤ一枚の厚みは一・二ミリ。これを百五十枚重ねると、単純計算で十八センチになる。この厚さ十八センチの塊（かたまり）を、長い棒状の先端に取りつけると……

ＣＤ一枚およそ十五グラムなので、合計二・二五キロ。

見た目は異様だが、ハンマーのような鈍器になる。

「これが……凶器！」

「もとからこの部屋にあったという百五十枚のＣＤと、肖像画のポスター。これらを組み合わせることで鈍器になるんだ。ＣＤは叩きつける頭の部分に、ポスターは柄になる……ポスターも数枚重ねてしっかりと丸めればそれなりに強度のある柄になるし……ＣＤ百五十枚の重さは鈍器としては充分、女性が振るうにしてもそれほど重過ぎない。束ねたＣＤがすっぽ抜けないように、柄の先端にはテープとかハンカチを巻いたかもしれない。犯人はあらかじめそれを用意しておく……たぶん鍵をこっそり盗んでこの部屋に入り、教材用のCDを一枚一枚抜き出し、ポスターをはがして、いびつな凶器を作製すると、それをピアノの中にでも隠しておいて……」

音野はピアノの上に軽く手を載せた。

「そして放課後に被害者とともにここに戻ってきたわけだな？」

「うん……犯人はピアノをいじるふりをしながら蓋を開け、中から凶器を取り出し、すぐさま被害者の頭に打ちつける。打ちつける部分が曲面なので、裂傷による流血などはない……しかし確実に殺すために何度も打ちつけ……」

「ことが済んだら、自分の頭もそれで打ったんだな」

「そうだね。でもコブができる程度でいい。後始末をしないといけないからね……犯人はまず凶器を分解する。ハンマーだったものは百五十枚のCDとポスターに戻る。ポスターはもとの場所に貼りつけておく。新しいポスターではなかったようだから、丸めた時のシワはそれほど目立たなかったと思う。CDは丁寧に一枚一枚もとのケースにしまう……一時間もあれば全部片づくかな……」

「そして楽器強盗事件を装うために、部屋を荒らし、最後に窓硝子を割ったということか」

なんという奇妙な凶器だろう。たった一つの発想で、落合彩は警察の目を欺き、見事に完全犯罪をやってのけたのだ。

「蘭ちゃん、教材用のCDが何処にいったのか調べてもらえないかな。もしかしたらまだあるかもしれない。あれば重要な証拠になる」

「はいっ、吹奏楽部の顧問の先生に聞いてきますね」

蘭は音楽室を飛び出していった。行動が早くて、情報収集力も高い。探偵助手として彼女は私よりも有能かもしれない。

「しかしこんな不気味な凶器、よく思いついたな音野」

「でも手遅れだよ。何の意味もない」

音野は肩を落とす。

「珍しいな、今回君はまるで犯人を捕まえたいみたいじゃないか。いつもなら犯人を告発することさえ嫌がるのに。犯人を名前で呼ぶこともほとんどないしな」

「ちょっと嫌だったんだ……こんなふうにCDを殺人の道具に使うなんて」

「音楽は凶器じゃない、か」

聞くところによると音野の家は音楽一家で、両親はそれぞれ優れた楽器奏者であり、また兄は国際的な指揮者にまでなっている。音野一人だけが音楽の道から外れたのだ。それには様々な理由があるのかもしれないが、それについて彼はあまり語らない。

「なあ、音野」私はふと思い立って云った。「あの黒板の楽譜、読めるのか?」

「読めるよ」

「ピアノで弾ける?」

「ああ……うん……たぶん」

音野はそう云うと鮮やかな指さばきで不思議な音楽を演奏し始めた。けっして悪い曲ではないのだが、何故だか不安をかき立てるかのような……

それにしても、音野のピアノの腕はなかなかのものだった。私は楽器に関しては疎いので、その力量を判断することはできないのだが、素人が聞いても少なくとも巧いと思わせるものがあった。何をやらせても不器用な男が、まさか華麗にピアノを弾くことができるなんて。

「大変です！」

そこへ蘭が帰ってくる。

「どうしたんだ」

「CD……売っちゃったそうです」

「売った？」

「リサイクルショップとか、中古CD屋さんとか……買い取ってくれるところに小分けにして……吹奏楽部がそれを部費代わりにしたそうです」

「なんてことだ。これじゃ回収は無理だ」

「しかも売るように指示したのが、吹奏楽部のOBの……落合彩」

「やられた……」

「名探偵さん！　いいんですか、このままで」

「どうしようもないよ」

音野はいつもと変わらない口調で云う。これが世の探偵ならば敗北宣言ととられかねないが、音野の場合いつもそんなことを口にしているから、あまり意味はない。

我々は失意のまま音楽室を出た。

「この件を警察に伝えますか？」

昇降口へ向かって歩きながら、蘭が尋ねる。

「いや、大した証拠もないし、我々の妄想として片づけられかねない」

「でも！　ＣＤを売った店を一軒一軒回って、中古販売の棚を確認して、問題のＣＤを見つけ出せば！」

「クラシックのＣＤなら売れ残りも期待できるかもしれないけれど……だいたい売られたのはいつ？」

「落合さんが卒業した翌年……なので五年前ですね」

我々は互いにため息を零した。

とぼとぼと歩いていると正面から二人の女性が歩いてくる。教師だろうか。一人はスーツを着ていて若い。もう一人は中年女性で、気難しそうな顔をしている。

「あ、私のクラスの担任です」

蘭が小声で云った。まずいのに見つかった、といった表情だ。

「あら笹川さん」中年女性が声をかけてくる。「まだどの大学にするか決めてないの？　プリント出てないわよ？　早く決めてしまいなさいね。さもないと何処にも入学できないわよ。発明家になるなんて云ってないで、ちゃんとしたところを選ぶのよ」

「はーい……」

蘭は肩を小さくして返事した。中年女性は我々のことをじろじろと眺めてきたが、あえて何も問わないようだった。

「そうそう、こちらは来年の新学期から新しく赴任してくることになった先生よ。あなたは今年で卒業だから教えてもらうことはないけど、音楽を担当されるの」

「は、はじめまして」

蘭はお辞儀する。

「はじめまして」スーツを着た若い女性が丁寧に頭をさげた。「落合彩です」

「えっ」

蘭は声を上げた。

落合彩！

こんなところにいた！

私も思わず声が出そうになったが、なんとかこらえた。何食わぬ顔を装い、私は落合彩を観察する。すらりとした背に、よく似合うダークスーツ。教師というよりは社長秘書といったたたずまいだ。

「あら笹川さん、お知り合い？」

「あ、いえ」

「それじゃあまり遅くならないうちに帰るのよ。次の登校日にはちゃんと来なさいね」

中年女性は去っていった。

「失礼します」

落合彩も歩き始める。

一瞬、彼女と目が合う。

しかし我々はただ沈黙したまま彼女とすれ違うことしかできなかった。

停電から夜明けまで

1

七月の雷雨の夜、俺の住む屋敷が停電により暗闇に閉ざされた。

俺とペンタ兄さんは思わず手を取り合って喜んだ。ついにこの時が来た。俺たちはずっとこの時を待っていたのだ。長かった。長く、この停電の夜を待ちわびた。

あらかじめ用意しておいたペンライトでお互いの表情を確認する。真っ暗な部屋の中で、小さな光によって照らされたペンタ兄さんの顔は、B級ホラー映画の幽霊みたいだった。俺は笑いそうになるのをこらえながら、ペンライトを床に置き、その傍(かたわ)らに座った。ペンタ兄さんは向かいに座った。高揚感と緊張感から、俺たちはどこか歪んだにやにや笑いをこらえきれずにいた。

「ついに実行の時が来たね」俺は小声で云った。「あと十分くらいで下畑(しもはた)がここに来る。それまでに計画の最終確認だ」

「うん、どきどきするな」

ペンタ兄さんは小型のノートパソコンを開く。バッテリーは予備まで含めてフル充電状態。合計で八時間以上はもつ計算だ。

「まずGPSを確認しよう」

「任せておけ」ペンタ兄さんはパソコンを操作し始めた。「細かい緯度経度までわかる高性能のGPSだ。これさえあれば暗闇の中でも正確にお互いの位置情報が……あれ？」

「どうしたの？」

「だめだ、位置を確認できない。シロ、レシーバーの電源は入ってる？」

「入ってるよ」俺はポケットからGPS端末を取り出す。「おかしいな、こっちの液晶にも表示されていない」

「電池切れかな？」

「いや、そんなことはない。電池やバッテリーは俺たちの生命線だ。特に慎重に確認してある」

「ということは天候かな……このひどい嵐で電波が届きにくいのかも」

「そんなはずはないよ。だって雨の日に一度、動作確認したじゃないか。その時はちゃんと位置表示された」

「ううむ、おかしいな」

ペンタ兄さんは首を傾(かし)げている。

GPS端末は衛星からの電波を受信し、地球上における現在位置を調べることができる機械だ。基本的には三基の衛星から電波を受け取って初めて位置測定ができるのだが、衛星の電波が届かない状況では当然ながら測定ができない……ということは雨や曇りの日には精度が鈍るのでは、と危惧した俺たちは、以前こんな実験をしている。雨の日、受信機を持った俺が森の中に入り、ペンタ兄さんがパソコンで俺の位置を測定し俺を見つけ出すというものだ。実験は成功し、俺たちは森の中で再会した。ＧＰＳの驚くべき精度は確認済みである。

停電によって真っ暗になっても、ＧＰＳ端末さえあれば正確に位置を確認できる。できるはずだったのだが。

「兄さん、ちょっとこれの説明書持ってきてよ」

「ああ、えっと……何処だっけ。真っ暗でわからない……」

「兄さんが買ってきたやつでしょ、箱と一緒にクローゼットにでもしまってるんじゃないの？早くしてくれ、時間がなくなる」

「ペンライト借りるよ」

ペンタ兄さんはペンライトを持ってクローゼットへ向かう。途中、暗闇の中で、ペンタ兄さんが何かにつまずいて転ぶ音が聞こえる。

「大丈夫？」

「あ、ああ」

ごそごそと闇を漁る音が聞こえてくる。やがてペンタ兄さんが小さな冊子を手に戻ってきた。

「あった」

「貸して」俺はペンタ兄さんから説明書をひったくる。「なんだこりゃ……ドイツ語？」

「ドイツ製だからね」

「兄さん、ドイツ語読めるの？」

「読めるわけない。安心しろ、説明書は英語でも書いてあるよ。ちなみに俺は英語も読めないけど」

「いつも赤点だったしね……って、兄さん……これ……」

「なに？」

『屋内では使用できません』だって」

「うっ？」

「考えてみれば当然だよ、屋内じゃ衛星からの電波は届かないんだ」

「いや、でも待ってくれ。カーナビは？　自動車がトンネルに入ってもカーナビのＧＰＳは切れたりしないだろ？」

「ううん？」

俺は腕組みして考える。

「トンネルはＯＫで屋内はだめなのか？」

「そういえばカーナビは衛星の電波の他に、加速度センサーで位置を計測しているって聞いたことがある。移動距離がそのまま位置の把握に利用されているんじゃないか？」

「加速度センサー？　そうか、そんなものがあるとは知らず失敗した……」ペンタ兄さんは呆然と呟く。「ＧＰＳじゃなくてカーナビを買えばよかったのか」

「違うよ！　俺たちは車みたいに高速で動いてないでしょ？」俺はうっかり大声でつっこむ。

「ま、まあでも、これはなくてもなんとかなる。大丈夫、問題ないよ」

「問題ない？　本当か？」

「うん、むしろなくていい。位置情報の確認はあくまで不安解消のため。こんな暗闇の中じゃ、何処に立ってるのかわからなくなるものね。でもＧＰＳなんて、なくたっていいよ。とにかく、計画の確認だ。先へ進もう。トンネルとかどうでもいいから」

周りは完全といっていい暗闇。

時折、雷が室内を照らす。雨音は次第に弱まってきているようだ。雷がやめば本当の闇がやってくる。

俺たちの計画はこの闇を利用したものだ。

闇を利用し、父を殺害する。

十年以上もこの屋敷に住んでいる俺たちは、雷雨のたびに停電が起きることを知っていた。雷が落ちやすいポイントに変圧器が設置されているらしい。近所に避雷針がないので雷がそこへ落っこちるというわけだ。一度雷が落ちると、屋敷はおよそ十二時間の停電状態に陥る。

俺たちはまずこの停電に目をつけた。一年に一度あるかないかの停電ではあるが、この不確実性を計画の柱に据えることにした。逆転の発想だ。一見不確実な計画に思えるのだが、そうではない。不確実な部分が確定した時点から実行するのだ。まさか自然現象である雷と、さらに起きるかどうかもわからない停電を犯罪に利用するとは誰も考えないだろう。だからこそ俺たちの計画は成功が約束されている。

もちろん、俺たちはそのいつ起きるとも知れない停電を待たなければならなかった。しかも停電が昼間に起きては意味がない。俺たちは完全な暗闇を望んでいた。停電は夜でなければならないのだ。

俺たちはこのチャンスを五年待った。

そして今夜、ついに停電の夜がやってきたのだ。

五年も待つことができたのは、俺たち兄弟がこの日を何よりの希望として生きてきたからだろう。計画によって得られるのは巨額の金と、自由。ただの殺人計画ではない。これは未来を懸(か)けたマネーゲームでもある。

俺たちは父——稲葉慎太郎(いなばしんたろう)を葬ることで得られるもの、すなわち遺産のために計画を立てたのだ。

父はもうすぐ七十歳になろうという年齢だ。一方俺たちはまだ二十三歳。俺たちは母の連れ子として小学生の頃にこの屋敷に入った。母と再婚することになった稲葉慎太郎は、俺たちから見てすでに『じいさん』であった。母は再婚後すぐに病気で亡くなり、俺たち兄弟はじいさんにとってただのお荷物になりさがった。

血が繋がっていないとはいえ、俺たちが稲葉慎太郎の子であることは間違いない。養子縁組をしている以上、本来ならば普通に遺産を手に入れられる立場にある。ところがじいさんは俺たちには遺産を一銭もやらんと公言している。俺たちが二十歳(はたち)を超えてもろくに仕事に就かずにぶらぶらしているから、という理由なのだが、実際はもっと陰険な理由であることは間違いない。そもそもじいさんは俺たちを人間として認めていないのだ。

母を亡くした俺たちはじいさんの強い抑圧のもとに育てられ、人間としてのあらゆる感情を否定されて育った。もっとも、金儲けという哲学については愛情たっぷりに教えられたものだが。

バブルの頃に不動産で儲けたじいさんは、それを元手にデパートやらホテルやらで一大金儲けグループを形成し、この町で一番の金持ちになった。我が家はそんなじいさんの哲学に振り回され、一般的な家庭としての機能を果たすことはなかった。俺たちは『成功』だけを教えられて育った。そのためには人を蹴落としても構わない。そう教えられ、実践を強要された。

——俺にはそれができなかった。

じいさんの血が俺たちに少しでも流れていれば違ったのかもしれない。ペンタ兄さんだってそうだ。ペンタ兄さんは他人と競争するよりは一人で絵を描いている方が好きな性格だった。将来は美術大学に進もうと考えていた。俺も、ペンタ兄さんが美術の世界に進むことを応援していた。だが、じいさんがそれを許すわけはなかった。じいさんは金にならない絵が大嫌いなのだ。

ペンタ兄さんは今でも絵を描いているけれど、趣味の域を出ない。画家やデザイナーを目指すといった夢はじいさんによって完全にくじかれ、ペンタ兄さんはもう立ち上がろうとはしない。くじかれ、膝をついたまま、ニート生活を続けている。

皮肉なことにそれを維持できているのはじいさんの金があるからだ。屋敷に住んでいる限り生活には困らない。

一方俺は、じいさんの望むほどの頭を持てなかったのが敗因だ。一流大学に行くほどの頭脳もなければ、金儲けの才に恵まれたわけでもない。俺は凡庸な人間に過ぎなかった。俺はすべての未来を否定され、結局この屋敷に留まるしかなかった。何も得ることのない生活が始まり、希望のない人生を生きることになってしまった。

だが一つだけ、俺たち兄弟を未来へ繋ぐ計画があった。

じいさんの遺産をごっそり頂く。

俺たちはその計画を考えることで、初めて生きる希望を見出した。そして、それこそがじいさんに一矢報いる唯一の――とびきり皮肉めいた――方法だと思った。金を手に入れるためなら人を蹴落としても構わない、たとえそれが身内でも。

眠れない夜、とりとめもなく始めた会話の最中になにげなく思いついた計画が、いつしか現実味を帯び始め、俺たちは実行に移すための行動を起こしていた。俺たちは人殺しになろうとしていたが、俺たち自身驚くほど冷静だった。そう、俺たちがやろうとしていることは、人殺しではなく金儲け。取るか取られるかのゲームである。

じいさんの世話人として屋敷に住み込みで働いている下畑の話では、まだ正式な遺書は書かれていないという。まあ元気なじいさんだ、あと十年、ひょっとすると十五年は元気なままかもしれない。とすれば、今のうちに奪うしかない。

じいさんの金を。

停電を利用した殺人計画には幾つかのパターンを用意した。なんといっても、停電がどんなタイミングで起きるかわからない。ともかく夜中であることが第一条件だが、それ以上条件を厳しくしていたらいつまで経っても実行に移せない。客人はいるのか、時刻は深夜なのか、季節はいつか……色々な条件下で柔軟に対応できる計画を考えなければならない。

基本的には、暗闇の中でどうやってじいさんを殺害するか、という点が重要になる。視界が完全に利かない中で、俺たちは確実にじいさんを仕留めなければならない。そこさえクリアすれば、暗闇は俺たちにとって最高の共犯者になってくれる。この共犯者がいるからこその計画だ。つまり暗闇であるがゆえに、俺たちにとって犯行は不可能であるという状況を作るのだ。

目が見えない者たちの国では、隻眼でも見える者が王になれる。じいさんを含め、今日屋敷にいる者たちが、見えない者。そして俺たちが、見える者。

俺たちは闇を支配し、ゲームに勝つ。

そのためには手段を選ばない。

俺たちが用意したもの、それは――ナイトビジョン。

「兄さん、GPSは忘れよう。ナイトビジョンのチェックを」

「ああ、そうだな」

ペンタ兄さんは傍らに置いてあったナイトビジョンを手に取った。

ナイトビジョンは、暗視ゴーグルあるいは暗視スコープとも呼ばれる。双眼鏡のような形をしていて、レンズを通して真っ暗闇を覗くと昼間のようにはっきりとものが見えるようになる。仕組みとしては、双眼鏡の中に映像加工装置が組み込まれていて、レンズに映るものを一旦その装置で明るく補正してから、見る者に映し出すと考えればよい。俺が用意したのは第三世代のナイトビジョンで、小さな光源を倍加して明るく見せる前世代のものとは違い、赤外線を利用してまったく光源のない暗所でもものが見えるようになっている。これらの装置は主に軍隊が夜間行動をするために使用されてきたが、現在は一般にも普及し、夜間のバードウォッチングなどにも利用されている。買おうと思えば誰でも買える。ただし俺の用意したものは一つ五十万。ペンタ兄さんの分と合わせて百万の出費である。それでも莫大な遺産が手に入ると思えば安い先行投資だ。

ナイトビジョンはそれなりに重量があるので、ヘッドギアできちんと固定して装着する必要がある。

相変わらず一人で装着できないペンタ兄さんを手伝ってから、俺は自分のナイトビジョンを装着した。

スイッチを入れる。それまで真っ暗だった世界がいきなり鮮明に視界に映る。見えなかったものが見えるようになる瞬間は感動的ですらある。

俺の目の前ではナイトビジョンを装着したペンタ兄さんが視界を確かめるように周囲を見回している。海外の映画ではよく特殊部隊員がナイトビジョンを装着している場面があるが、目の前のペンタ兄さんは特殊部隊員というよりは怪しげな不審者のようだった。

「見えすぎて怖いな」

ペンタ兄さんはそわそわしながら云った。

「バッテリーはＯＫだね？　十時間はもつから、夜明けまで充分足りるだろう」

「しかし完全犯罪にナイトビジョンを使うってのは……何かこう反則的な感じがするな」

「何云ってるんだよ兄さん。いつまでも針と糸で完全犯罪が済むもんか。平成になって何年経ったと思ってるんだ。使える現代技術は全部使わなきゃ。ＧＰＳは失敗だったけどさ。これから先、今の俺たちには信じられないような機械が普及するだろうけど、それだっていつかはトリックに使われるようになる」

「でも考えてみたらナイトビジョンは結構昔から使われてるな。『羊たちの沈黙』観たか？　あれ何年前だよ」

「五、六年？」

「いや、もっと前だろ」

「じゃあ十年くらい……って、今はそんな話してる場合じゃないよ、兄さん」

「うん、まあこれがあれば無敵だな」

「少なくとも暗闇の中ではね」

その時、廊下から近づいてくる足音が聞こえた。

「しっ、来た」俺は声をひそめる。「予定通り、下畑だろう」

「ここは俺が出るんだったな」

ペンタ兄さんは立ち上がった。

「ちょっと、兄さん、頭、頭」

「あっ」ペンタ兄さんは慌ててナイトビジョンを外した。「こんなの見られちゃ最初から失敗だ」

「気をつけてよ」

ノックの音。

「ペンタさん、いらっしゃいますか？」

下畑の声だ。

俺はペンタ兄さんに目配せする。しかしながら暗闇の中で、ナイトビジョンを外したペンタ兄さんに俺の表情が伝わるとは思えなかった。

俺は部屋の隅に身をひそめた。一応、ここに俺は存在しないことになっている。

「ああ、下畑さん」ペンタ兄さんはさりげなく扉を開けた。「また停電したみたいだね」

「大丈夫でしたか？」

下畑は安っぽい懐中電灯を持っていた。暗闇の中に、白髪の初老の男が浮かび上がっている。オールバックにした髪型といい、血の気の失せた顔や痩せすぎの身体といい、まるで吸血鬼みたいだ。

「明かりがなくて困ってたんだよ」ペンタ兄さんは筋書き通りの言葉を云う。「パソコンはデータが飛んじゃうし、困ったもんだよ」

「何か予備の明かりがあればよいのですが、今のところ蠟燭が一本あるだけで……」

懐中電灯や蠟燭といった明かりになるものは、すべて俺たちが掌握している。あらかじめ処分したり、ろくに使えないように細工してあるのだ。下畑が今持っている懐中電灯も、電池の容量からいって、あと五分もつかどうかといったところ。

明かりを制する者が、この暗闇を制する。

「蠟燭か、それはつらいな」

「ええ……それなので仕方なく、その一本をホールで灯し、お客様方には危険がないようホールに集まっていただいております」

「そう」

「ペンタさんもホールへいらしたらいかがでしょうか。慎太郎さまもご心配されていましたし……」

じいさんが俺たちの心配なんてするもんか。俺は内心毒づく。

「みんなで集まって明かりを囲もうっていうわけか」

「そうです。停電が復旧するか、夜明けまで……」

「うん、わかった。じいさんのお客さんたちと一緒の場所で過ごすってのは少し居心地悪いけど、こんな真っ暗闇よりはましだろう」

「では、この懐中電灯でご案内します」

「いや、大丈夫。一人でいけるよ。トイレに寄って行くから」

「明かりもなしに大丈夫ですか？」

「これ」ペンタ兄さんはポケットから携帯電話を取り出して、カメラのライト機能を作動させる。「つけっぱなしじゃすぐにバッテリーがなくなるけど、ホールに行くくらいなら余裕だ」

「わかりました……あと、ついでなのですが、シロさんを見かけたらご一緒にホールへいらっしゃるよう伝えていただけませんか？」

「シロはまだ行ってなかったの？」

「はい、お部屋にはおられないようで」

「トイレかな？　じゃあ俺が探しておくよ。見つけたら一緒にホールに行く」

「はい、それではよろしくお願いします」

下畑は時々消えそうになる懐中電灯を気にしながら廊下の奥へと去っていった。

ペンタ兄さんは扉を閉じると、携帯電話の明かりを頼りに俺のところまでやってきた。

「まずはＯＫだろう？」

「上出来だね」

いよいよ計画が動き始めたのを実感する。ついに遺産を懸けた戦いが始まるのだ。俺は特殊部隊員としてホールに乗り込むことになる。完全犯罪という重大な任務を負って。

「五分後に部屋を出る。兄さん、準備はいい？」

「待って、緊張してきた。煙草いいかい」

「やめたんじゃなかったの？」

「最近また吸い始めたんだ」ペンタ兄さんはシャツの胸ポケットから煙草とライターを取り出した。「緊張をほぐすにはこれがいい」

「そんなに緊張することはないよ、兄さん。リラックスしていこう」

「そうはいっても……」ペンタ兄さんは煙草に火をつけて吸い始めた。「いくら相手がじいさんとはいえ、これから人殺しをするんだから……」

「心配するなよ兄さん。重大な場面は全部俺がやる。兄さんは心配しなくていい」

「任せて悪いな。でも捕まった時の罪は、平等に俺も負う」

「よしてくれ。これからって時に捕まった時の話なんてするなよ」

「そうだな」

ペンタ兄さんは煙草を灰皿に押しつけ、肺に残っていた最後の煙を大きく吐き出した。

「よし、行くぞ」

「行こう」

2

今日屋敷に来ている客は三人。一人は地元銀行の常務で昔からじいさんと付き合いがある石橋剛士。歳は六十を越えているので見た目もじいさんと同様にしょぼくれている。俺たちが小さい頃、よくお年玉をくれたのでいい人だ。

もう一人は杉岡正義。弁護士だ。もしかするとじいさんはこの弁護士を使って遺書などの手配をするつもりなのかもしれない。杉岡もそのつもりなのか、最近じいさんにべったりしている。キツネのような目つきのこの男を、俺は信用していない。

そしてもう一人、屋敷に来るのは今日が初めての男。世界的なオーケストラ指揮者の音野要。その肩書きから想像していたよりもずっと若く、ノーネクタイのダークスーツ姿だとはっきりいって何者なのかすら判断がつきづらい。じいさんの友人ということで今日はパーティに呼ばれているらしいが、はたしてじいさんがいつ指揮者と友だちになったのか、俺は知る由もない。

彼らはじいさんの気まぐれなパーティに呼ばれた気の毒な被害者である。パーティといっても酒をくみ交わすだけのささやかな集まりだ。じいさん相手では断るに断れず仕方なく集まっているのだろう。

現在この屋敷にいるのは、三人の客とじいさん、そして下畑、あとは俺とペンタ兄さんだけだ。被害者と容疑者はこれだけ。

俺たちは階段を下りてホールへ向かう。

問題のホールがこれから事件の舞台となる。

ホールは円形の造りで、ちょっとした立食パーティも開けるような広い空間になっている。片隅にはグランドピアノと小さなステージまであり、小規模なショーまでできる。もっとも最近はそこまで派手な集まりはなく、ソファやテーブルを並べてしみじみと酒を飲むという感じらしい。今日もまさにそんなしみったれたパーティを開いていたようだ。

しかし彼らもまさか停電になるなんて思いも寄らなかっただろう。もはやパーティどころではないと思われる。

「時刻は？」

俺はペンタ兄さんに尋ねる。携帯電話の液晶画面で時刻を確認する。

「十一時……七分。あと三分くらい待つか」

ホールで灯されている唯一の明かり——蠟燭。予定では十一時頃にこの蠟燭が消えることになっている。

嵐に備えて俺たちは明かりになるものをすべて奪っておいた。下畑が唯一見つけたという蠟燭は、あえて俺たちが一つだけ残しておいたのだ。それはたとえるなら誘蛾灯（ゆうがとう）である。真っ暗な中、たった一つだけ明かりを見つけたとなれば、客人たちをはじめじいさんもそこに集い、留まるはずだ。明かりを置く場所はまず間違いなくホールになる。

そして今のところ計算通りにことが運んでいる。

蠟燭は着火からおよそ一時間で火が消える。同型の蠟燭を用いて燃焼時間を調べてあるので、よほどのことがない限り時間に狂いはないはずである。蠟燭が消えてしまえばあとは俺たちの独壇場。

現在、停電からおよそ一時間経過。

そろそろ蠟燭が消える頃だろう。タイミングとしては、蠟燭が消えるか消えないかという頃に、俺たちがホールに入るのが望ましい。

ホールの扉を開けたらもう引き返せない。

本当の始まりだ。

俺たちは階段の下でちょっとためらう。

階段の下には『マクシミリアン』が置かれている。いわゆる西洋鎧（よろい）の精巧なレプリカだ。まったく悪趣味きわまるじいさんの置物である。ペンタ兄さんが掲げる携帯電話のライトに、鎧が青白く、鈍く光って見えた。

俺たちは小さい頃からこいつを『マクシミリアン』と呼んでいる。こいつがいるために、俺たちは夜中に一人ではトイレに行けず、よくお互いに起こし合って、恐怖をともにしたものだ。『マクシミリアン』は威風堂々と剣を構えている。模造品なので切れはしないが、先端は鋭く、力を込めて突き刺せば人間の身体くらい貫くであろうことは予想できた。

これが今回の計画における凶器となる。

しかし、今の時点ではまだ手に取らない。

「そろそろ行こう、兄さん」

「ああ……」

少し怯えた様子で『マクシミリアン』を見つめていたペンタ兄さんを引っ張るようにしてホールへ進む。

俺たちはホールの扉の前に立つ。

俺は頭の中で今回の計画を何度も反芻して確かめた。

停電――そして闇。それが始まり。

まず明かりを制限し、屋敷の人間を全員ホールに集める。俺たちが彼らと一緒にホールにいても不自然ではない状況を作る。ここまでは成功。問題ない。

次に俺たちはホールに入る。蠟燭の火は消えかかっており、暗闇の中で何処に誰がいるのかほとんどわからない状態になっているはずだ。俺たちはさりげなく自分たちの存在をアピールしつつホールの片隅に落ち着く。

やがて蠟燭が消え、本当の闇が訪れる。そうなれば俺たちに怖いものはない。ホールに集まっている人間たちは完全に視界を奪われているが、俺にはナイトビジョンがある。

ただしホールに入る時からナイトビジョンを装着していくわけではない。そんなことをしたら当然怪しまれてしまう。それなので、毛布にくるんで持っていく。毛布は俺が寝るために用意したものだと思わせる。

無事、ナイトビジョンを持ち込むことができたなら、計画の第二段階まで成功。まあ、ここまでは失敗するような不安要素は見当たらない。たとえ失敗したところで罪に問われるようなことはまだ何もしていないし、気軽に臨めばいいだろう。

次からが勝負。

夜明けまでの時間勝負になる。

まず俺たちは、一度ホールに入ったら、その後は二度と出入りしない。これは絶対条件だ。

この条件を自分たちに課すことによりアリバイを成立させるのだ。

ちなみにホールの両開きの扉は重く、開け閉めする際に必ず蝶番が軋る。人が出入りすればギギギと音がするので、たとえ暗闇で姿が見えなくとも誰かが出入りしたことがわかる。また、扉は開けた状態で手を離すと勝手に閉まるタイプだ。この扉の特性も俺たちの計画には重要な役割を果たすことになる。

さて、ホールの暗闇を制した後、いよいよじいさんを殺すことになる。流れはこうだ。

● 『マクシミリアン』の剣でじいさんを刺し殺す。
●じいさんをホールの外に運び出し適当なところに放置する。

この作業を暗闇の中の衆人環視という状況で行なう。ナイトビジョンが大いに役立つことになるだろう。これだけの大胆な犯行は暗闇の中だからこそできるのだ。

ところで、ホールを一切出入りせずに、どうやって『マクシミリアン』の剣を手に入れ、どうやってじいさんの屍体をホールの外へ運び出すのか。

その点こそ、俺たちが苦心の末に考え出したトリックというわけだ。

俺もペンタ兄さんもホールを出入りしない。扉の特性上、こっそり出入りすることは難しい。扉を開け閉めする際にどうしても音が聞こえる。この音をいちいち覚えている者はいないと思うが、しかし断りもなくホールを出入りする者がいたとすれば後々怪しまれる可能性が出てくる。やはりホールを出入りするのは避けるべきである。逆にホールを出入りしていないということを周囲に印象づけることができたら、それはアリバイを確保したのと同じことになる。

ホールにはテラスに出るための窓があるが、これを開けたら間違いなく風や雨の音で室内の人間に気づかれる。空気を入れ換えようと思った、というような云い訳をして窓を一度開けることも可能だろうが、しかしそんな怪しい行動はしない方がいいに決まっている。あくまでホールは密室――閉じられた空間として機能してもらわないと、俺たちのアリバイが薄弱になってしまう。

では俺たちはいかにして、ホールを出入りせずに犯行を成し遂げるのか?

答えは、ホールを出入りしなくてもいい状況を最初から作ればいい。

俺たちは一人ではない。二人で協力することができる。

仕掛けるのは最初。ホールに入る時点で、二人一緒に中に入ったと思わせて、実は俺だけが中に入り、兄さんはそのまま回れ右して部屋を出るのだ。暗闇の中ならそんな動作が他の者の目につくはずはない。扉の開け閉めは一度だけ。周囲の人間は俺とペンタ兄さんが二人でそのまま室内に入ってきたと考えるだろう。しかしペンタ兄さんは中には入らない。ペンタ兄さんには室外での仕事をしてもらう。ホール内での仕事は俺がする。二人で役割分担をするのだ。

では『マクシミリアン』の剣をいかにして受け渡しするのか。それには早業を要する。まず室外にいるペンタ兄さんに剣を持ってきてもらう。俺は室内から機会を窺う。その時客の誰かがホールを出入りする際に、俺たちは素早く扉のすぐ傍に移動し、構える。その時がチャンスだ。人が通り抜けた直後、扉が閉まりきるまでの数秒の間に、外から中へと、剣を受け渡しするのだ。

　扉が閉まりきるまでにわずかな隙間ができる。通行者は扉がきちんと閉まるまでわざわざ待ったりはしない。その際の隙間を利用して、剣を受け渡しすることは充分に可能だ。実際、俺たちはバトンリレーのように何度も練習を重ねている。百回やっても九十九回は失敗しない。

　剣を受け取ってしまえば、あとは俺がじいさんを殺すだけだ。殺害の際に、じいさんがどれだけもがくか、うめき声をあげるか、それはわからない。極力毛布を使ってそれらの厄介な音を封じるつもりだが、いかんせんこれだけは練習できない。出たとこ勝負だ。この仕事は、いざという時に非情に徹しきれない兄さんよりは、俺の方が向いているはず。だから俺が中の仕事を受け持ったのだ。

　じいさんの屍体をホールから外に運び出すのも、剣を受け渡しする時と同じ要領だ。だが屍体は剣ほど軽くはない。じいさんの体重は五十キロ程度だろうか。そんな大きなものを、扉が閉まりきる一瞬に受け渡しするなんてことは不可能だ。なので扉が閉まりきるまでの時間を少し延長する。クサビ型のドアストッパーをかませるのだ。その間、五秒から十秒。これ以上長くすると、蝶番の軋む音がかなりずれることになるので怪しまれる。十秒程度なら問題ない。

　十秒で屍体の受け渡し。

　かなり難しい。一応丸めた布団などを使って練習してみたものの、もたついてしまうのは避けられなかった。ましてや本番は屍体。はたして巧くいくのだろうか。

この点を無事クリアすれば、計画のすべてを終えたようなものである。あとはペンタ兄さんが屍体を担いで何処かに——たとえば『マクシミリアン』の傍とか——放置するだけ。誰かが気づくまで、あるいは夜明けまで俺たちは大人しくしていればいい。屍体発見の混乱に乗じて、俺たちは合流する。こうして、犯人はホールを出入りした人物に限られ、俺たちは容疑者から外れる。

もちろん計画は完璧とは云い難い。たとえば誰かがホールを出入りしてくれないと剣の受け渡しができない。おそらく誰かがトイレに立つなど、ホールを出入りする機会はあるだろう。しかし必ずしもそのタイミングで剣の受け渡しができるとも限らない。何度か見送る必要もあるだろう。俺たちの思惑だけでは展開を読めない。

はたして成功するだろうか？

いや、成功させるしかない。

俺たちは小さい頃からじいさんの成功哲学を習ってきた。じいさんはよく『躊躇（ちゅうちょ）は敵だ』と云っていた。躊躇している間に状況が大きく変わってしまうことも人生ではよくある話。躊躇を制すれば勝利する。

じいさんのその言葉、本当かどうか試してやろうじゃないか。

俺とペンタ兄さんは、ホールの扉の前で顔を見合わせ、お互いに力強く肯（うなず）く。

俺はホールの扉を開いた。

入って左手奥にステージがあり、その傍にソファとテーブルが並べられている。蠟燭はテーブルの上に置かれ、その辺りだけぼうっと明るくなっていた。蠟燭の火は懐中電灯の明かりと違って三百六十度全方向に灯り（あか）を投げかけるが、やはり弱い。蠟燭の周囲以外は何も見えないといっていい状態だ。好都合である。ソファにはじいさんと下畑、そして石橋と杉岡という顔ぶれが窺えた。彼らはグラスを持っていた手を一瞬止めて、俺たちの方を向いた。ペンタ兄さんの持つ携帯電話のライトによって、俺たちの姿は彼らに見えているはずだ。そう、こうして二人いることを確認させる。

「おう、出来損ないども、お前らも飲むか？」

「いらない……ちょっと風邪気味でさっき薬飲んだところだし」ペンタ兄さんはわざとらしく咳をする。「他に明かりは？　やっぱり蠟燭しかないの？」

「はい、すみません」下畑がすかさず謝る。「非常用に幾（いく）つか置いておいたはずなんですが……」

「そう、仕方ないな。ここなら本が読めると思ったのに。まあいいや。僕はそこで横になってるよ」

「俺も寝るかな」

俺は持ってきた毛布をさりげなくかざす。

「なんだ、つまらないやつらだな。ああ、ところでお前ら、まだ音野君とは挨拶しとらんだろう？　彼は世界中で活躍する指揮者なんだ。一昨日（おととい）までパリに行っていたというところを、無理云って遊びに来てもらったんだ。あの日の雪辱を晴らしたくてな」

「雪辱？　というと？」

腰巾着の杉岡がすかさず尋ねる。

「音野君とはちょっと前にゲームの大会で知り合ったんだが、彼、強くてね……」

「やあ、どうも、音野要です。ごきげんよう、ごきげんよう」

ふっと暗闇の中から、俺たちの目の前に長身の男が現れた。

俺たちはどきりとして思わず飛びのきそうになった。音野はいきなり握手を求めてくる。俺は戸惑いつつその手を取った。俺と握手が済むと、今度はペンタ兄さんと握手をして、にこやかな笑顔で「以後お見知りおきを」と挨拶した。そして暗闇の中に消えていった。

「は、はあ……」

俺はあっけに取られながらも、次の行動に移るタイミングを計っていた。

「稲葉さん、ゲームなんてやるんですか？」

テーブルの周りで話が始まる。

「オセロだよ。わしは将棋や囲碁よりもオセロが得意なんだ。この辺りじゃ負けなしだったんだが、ところが音野君が現れて……」

「へえ、強いんですか」

「強いなんてもんじゃない、彼は化物だ」

「いやあ、化物だなんて」暗闇の中から声が聞こえる。「むしろ妖精と呼んでいただきましょうか。盤上の妖精とでも」

談笑している。

俺はペンタ兄さんを肘でつつく。ペンタ兄さんがはっと我に返る。

「じゃあその辺で寝てようかな」

その声に反応してちらりと下畑がこちらを見遣(みや)った。よし、確認はもういい。ペンタ兄さんは室内に歩みを進めるそぶりを見せつつ、携帯電話のライトをオフにした。俺はドアから離れる。扉が勝手に閉まり始める。明かりを失ったので俺の目にはもうテーブル周りのものしか見えていないが、ペンタ兄さんが俺から離れていく気配を感じた。

扉が閉まりきる音がする。

ペンタ兄さん、成功したかな?

俺はホールの隅へ移動する。俺の周りに人の気配はない。やはりペンタ兄さんは外へ出たようだ。

俺はホールの隅に陣取り、毛布を被りつつ、膝を抱えて座る。

テーブル周りの男たちは蠟燭の火が弱まってきたことに慌てているようだった。

「おい、どうした。火が消えそうだぞ」

「あ、消える消える」

「おい息を吹きかけるな」

「下畑、替えはないのか?」

「はあ、それがまったく……」

「この火をつけたライターは？」

「ガスがもうないようです」

「誰かライターを持っていないのか？」

音野という客人のことはわからないが、他の三人が煙草を吸わないことを俺は知っている。

どうやら音野もライターの持ち合わせはないようだ。

もうほとんど炎が消えかかっている。

よしよし、計画通りだ。

やがてゆっくりと周囲は暗闇に閉ざされていった……

「どうしたの？　火が消えたの？」

俺はさりげなく声をかける。だが俺の声に反応する者はいない。まあ、聞こえてはいるだろうが、それどころじゃないといった様子。

「下畑、懐中電灯」

「は、はい、しかしこれも電池が……」

「貸せ！　痛っ、今お前ぶつかったぞ！」

「す、すみません、こちらです」

「どこだ！」

「ここです」

暗闇の中でドタバタと音がする。

「ああ、これか？」カチカチと懐中電灯のスイッチを入れる音が聞こえる。「つかないな。さっきまでついていたのに」

「電池がなくなっていたみたいで……私がさきほど使った折にも、明滅したり光が弱まったりしてぎりぎりのようでした」

「前の停電の時もこんなだった」じいさんは不服そうに云う。「非常用の明かりを揃えておけといったはずだぞ」

「はい、そのようにいたしましたが、いつの間にか電池がなくなっていたようで……」

「使えん男だ」

じいさんの吐き捨てるような声が闇に響く。

叱責される下畑。

いい流れだ。

実は凶器となる『マクシミリアン』の剣には下畑の指紋がべったりとついている。当然だ。普段管理・掃除をしているのが彼なのだから。その『マクシミリアン』の剣がじいさんに刺さっていたとしたら……しかも下畑は事件直前に皆の前で罵倒され、恥をかかされている。これはいい動機になる。下畑には恨みはないが、マネーゲームに犠牲者はつきもの。なんなら遺産の一部から弁護士費用を払って彼を助けてあげたっていい。

さて。

俺はポケットからイヤホンを取り出す。コードには『からまないくん』がついているので、ポケットに適当に入れておいても絡まっていない。素晴らしい。俺は素早くイヤホンを耳に入れる。

『シロ――シロ、聞こえるか』

イヤホンから声が聞こえる。

「聞こえる」

俺は小声で云う。コードの途中にある小型マイクは小声でも充分に俺の声を拾ってくれる。コードの先には携帯電話。ペンタ兄さんの携帯電話と繋がっている。

『どう？ 俺がいないことを怪しんでいる者はいない？』

「たぶん、いない」

『たぶんってどういうこと？』

「火が消えた。今は何も見えない」

『そう、予定通りだな』

「まだバタバタしてる。落ち着いたら眼鏡をかける」

ちなみに『眼鏡』とはナイトビジョンのことだ。ここぞ声であまり長く話をしていると怪しまれる可能性があるので、短めの隠語に代替しているのだ。

「兄さん、無事に外に出たようでよかった」

『ああ、今は自分の部屋にいる。今のところ順調だな。そっちの状況は逐一(ちくいち)報告してくれ』

「了解」

『ケータイは一度切るぞ。パソコンよりバッテリーがもたない』

通話が切れた。着信の際はイヤホンを通して呼び出し音が鳴るので問題ない。また、念のため携帯電話本体の着信ランプなどにはビニールテープを張っておき、ほんのわずかでもランプの明かりが漏れないようにしてある。

携帯電話が切れると俺は少し不安になった。やはり一人は心細い。GPSでペンタ兄さんの位置が把握できればまだ心強いし、剣の受け渡しの際などにも有効活用できたかもしれないが、使えないので仕方がない。

「ペンタ兄さんはお酒飲まないの?」

俺はテーブル周りの連中にも聞こえるような声で云った。今度はこそこそ声ではない。

『酒はいいよ、今日は頭痛いし』

ペンタ兄さんが答える。

「具合悪いのかい」

『本を読みすぎたかな? 目が疲れているのかもしれないな』

「何の本を読んでいるの?」

『戦争ものだ』

どうでもいいような会話を交わす。

携帯電話も切った今、俺は一体誰と話をしているのか?

もちろん腹話術や一人芝居の類ではない。ペンタ兄さんと俺は双子だが二卵性なので声までそっくりというわけにはいかない。もちろん見た目もだいぶ違う。俺がペンタ兄さんの役までこなすのは無理がある。

ペンタ兄さんはホールに存在しない。このことは周りの人間にばれてはいけない。むしろペンタ兄さんはこの場所にいるのだということをアピールするくらいでなければならない。そこで俺たちが考えたのはネットを活用することである。

実はナイトビジョンの他に、毛布にくるんで小型のノートパソコンを持ち込んできている。これはデータカード通信によりインターネットに繋がっている。そしてボイスチャット機能により、ペンタ兄さんの部屋にあるもう一台のパソコンを通じて、会話ができるようになっている。

ボイスチャットとは、キーボード入力による会話ではなく、マイクとスピーカーを使って実際に耳と声でお喋り(チャット)できる機能である。これにより常時接続のネット環境さえあれば海外の人間とでも基本的に無料で何時間でも話ができるのだが……それはともかく、こうして携帯電話とは別に会話するための道具を用意した。携帯電話はこそこそ用、ボイスチャットはおおやけ用だ。パソコンの蓋は閉じているので液晶画面の明かりは消えている。ばれることはない。第三者の声もパソコンのマイクを通じてペンタ兄さんに伝わるので、その場にいないにもかかわらず誰とでも会話が可能になる。これならペンタ兄さんが誰かに話しかけられても、リアルタイムで返答できる。ちなみにペンタ兄さんが『風邪気味』だと云ったのは嘘で、スピーカーを通して聞こえる声に不信感を抱かれた時の云い訳としてあらかじめ伏線を張っておいたのだ。

ナイトビジョン、ボイスチャット。これさえあれば、俺たちは暗闇で無敵。

「あのー、ペンタさんいませんか？」

闇の中から誰かの呼ぶ声。

あの声は音野要だろうか。早速ボイスチャットの威力を発揮する時がきた。

『はい、何か？』

「ああ、真っ暗な中で失礼します」彼の声はちょっと遠い。「蠟燭をつけ直したいので、火、貸してもらえませんか？」

『えっ』

青ざめるペンタ兄さんの顔が俺には見えた。ペンタ兄さんはこの場にいないので、ライターを貸そうにも貸せない。

でも問題ないよ、兄さん。ない、と一言云えばいいだけなのだから。

『ああ、すみません。持ってないです』

「そうなんですか？」

『ええ』

「そうですか、失礼しました」音野は引き下がる。「ないならいいんです、すみませんでした。ああ、趣味で持っていたマッチがかろうじてあと一本だけあった。もったいないけどこれを使おう」

その声を最後に音野の気配は消えた。

そしてしばらくしてから、マッチを擦る音。一瞬、テーブル周りが炎で明るくなる。どうやら蠟燭に火をつけようとしているみたいだ。

無理だ、もう蠟燭には火はつかない……

携帯電話が着信する。ペンタ兄さんだ。

『なんだ、あの音野とかいうのは……』

「指揮者らしいけど？」

『本当に世界的な指揮者なのか？　怪しくないか？　案外俺たちみたいにじいさんの金を狙ってるやつかもしれない』

「そんなまさか。ネットで名前を検索してみたら？」

『そうだな……』

その時、テーブルの周りで、わっと声が上がる。

「おお、燃えた燃えた」

「確かに火がついてる」

見ると、テーブルの上に新たな炎――灯りが。

なんだあれは？

もう灯りになるようなものは存在しないはずだ。いや、もちろんライト機能のついた携帯電話を持っている者くらいいるかもしれない。だが今、テーブルの上にある光は炎である。人工的なものとはまた違った独特な灯りを放っていた。

それはよく見るとマジックペンだった。ホワイトボードなどに字を書くごくありふれたペン。誰かがたまたま持っていたのか、それとも偶然そのへんに転がっていたのか……そのペン先が明るく燃えている。その炎は消えることなく燃え続けている。

どうやら新しい光源を発見したのは音野のようだ。マジックは火を灯すと即席のトーチになるらしい。もちろん俺もそんなことは知らなかった。

『シロ、どうした？』

「何か……嫌な予感がしてきた」

『え？』

引くなら今か？

いや、まだ何も始まってない。

これからじゃないか。

「いや、なんでもない。引き続き現場が落ち着くまで待機」

灯りがあるなら、それが尽きるまで待てばいい。夜明けまでまだ時間はある。

3

即席の灯りもそう長くはもたず、ホールは再び真の闇に覆われていった。しかしさきほどの急な暗闇と違い、彼らにはある程度心の準備ができていた。明かりが消えてしまっても、もう彼らはざわめかなかった。

テーブル周りから話し声は途絶えない。闇を肴に酒を飲む、なんてことを云い始めている。くだらない。まあ容疑者の数は多い方がいい。

俺とペンタ兄さんは、相変わらずボイスチャットで時折とりとめもない会話を交わす。音野という男は確かに要注意かもしれないが、ボイスチャットに関してはまったく疑問に感じていないようだった。だとすれば問題ない。逆にペンタ兄さんがここに存在していたという証言をしてくれることになるかもしれない。

闇の時間がしばらく続いた。時刻は深夜零時をすでに回り、午前一時になろうとしている。夜明けは五時頃。四時を過ぎたらだんだんと明るくなってくる。俺たちに残された時間はおよそあと三時間。

本当にあと三時間で殺人が完遂できるのか？

わからない。だが今のところ計画は順調に進んでいるのだ。ためらわず行くしかない。

闇が深まる。

そろそろ頃合か。

俺はナイトビジョンを装着した。

ああ、見える。

すべてが手に取るようにわかる。

ソファには五人の男たち。じいさん、下畑、石橋、杉岡、音野。彼らの視線はそれぞれおかしな方を向いている。視力に頼らず感覚だけで動作を始めている証拠だ。彼らは見えてない。

俺は優越感を覚えた。もし手元に毒薬があれば、彼らの目の前で堂々とじいさんの飲み物に混入させることも可能だ。俺の手の中にじいさんの命が握られている。だが毒殺ではあまり意味がない。暗闇を利用したアリバイを作成しないとだめなのだ。

今は辛抱強く待つ時間だ。

しばらくして、杉岡がトイレに立つ気配が見えた。

俺はパソコンのマイクを軽く叩いて、携帯電話による通話を促す。すぐにペンタ兄さんから着信。

「杉岡がトイレに。下畑もついていくみたいだ」

『真っ暗な中でどう動くつもりだ?』

「下畑が携帯電話を持っているね」

『ライト機能か?』

「いや。たぶんそこまでの操作がわからないようだ。あるいはライト機能がないのか。液晶画面のバックライトだけ」

『まあそれでも真っ暗闇と比べたら全然ましだ。その明かりを頼りにトイレに向かうつもりだな』

「もしかしたらそのまま客室に戻って寝るつもりかも」

『それならそれでもいいんじゃないか？　いずれにしても下畑がホールに戻るだろうし』

「そうだね。じゃあ、彼らが戻ってきたときに受け渡し？」

『いや、今回は見送ろう。様子見だ』

「了解」

『凶器の手渡しは次に』

俺は杉岡と下畑がホールを出ていくのを見守った。扉の軋る音がすると、やはりソファに座っていた男たちがそちらの方へ顔を向けた。暗闇の中では聴力が鋭くなるようだ。

十五分ほどで杉岡と下畑が帰ってきた。明るいところなら五分で戻ってこられるところを、暗闇の中では十五分かかるようだ。

「戻ってきた」

『扉はどうだい？』

「うん、予想通りだ」

扉は放っておいても勝手に閉まるので、通行者は戸口を抜けたら取っ手から手を離す。最後まで取っ手を摑んだまま、きちんと閉めるなんてことはしない。つまり人が通り抜けた後、閉まりきるまでの隙間を活用することが現実的なレベルで可能だった。

『了解。剣を用意して待つ』

その機会はすぐにやってきた。

今度は音野が立ち上がった。下畑も一緒だ。

トイレか？

俺は一瞬躊躇する。音野か……できれば違うやつがよかった。

「音野と下畑が立った。出るようだ」

『了解』

「兄さん……次に回そうか？」

『どうして？　躊躇は敵だぞ。それに夜明けまでそんなに時間がないんだ、チャンスは最大限活かさないと夜明けになってしまう』

「うん……そうだね」

『剣は用意した』

「じゃあ廊下の暗闇に隠れていて」

『了解、あ、下畑たちが来る』

「見つからないように」

『見つかるはずがない。こっちには眼鏡がある』

うきうきとした口調で云う。ペンタ兄さんはこの殺人計画を無邪気に楽しんでいるみたいだ。

ところが十分くらい経って、状況が一変する。

『シロ、大変なことになった！』

「どうしたの兄さん」

『人が……増える』

「は？」

『聞こえるだろ？　車の音だ』

　俺は耳を澄ます。だがホールでは車の音など聞こえなかった。

『屋敷の前で停まった』

「来客？　こんな時間に？」

　俺はじいさんの方を窺う。だがじいさんたちは来客にはまったく気づいていない様子だ。そもそも来客が予定されているといった話もなかったはずだ。

『ちょっとおかしいと思ったんだ』ペンタ兄さんが云う。『音野が廊下の途中で突然ケータイで誰かと話し始めて、下畑と一緒に玄関に向かったんだ。そこで誰かを待っているようだった。そしたら車が来たんだ！』

「音野が呼んだのか？」

『わからない。だが彼の知り合いだろう』

　一体どうなっているんだ？　どうして想定していなかったことがいざ本番になって起こる？

『どうしたらいい？　シロ』

「車を見張ってて」

『ああ、窓から見張ってる。人が出てきた。二人だ。どちらも男のようだ。やはり若いな。歳は俺たちくらいだ。じいさんの知り合いじゃなさそうだ。やはり音野の知り合いか。屋敷に近づいてくる。ドアが開いた、中に入ってくる。下畑が通したみたいだ。やはり音野の知人か』

招かれざる客。これは凶兆なのか？

ふと俺は重大なことに気づく。

「兄さん、剣は？」

『ちゃんと手元にある』

「だめだ、急いで剣を戻してきて！」

『ん？　どうして？　せっかく持ってきたのに』

「もし訪問者たちがホールに真っ直ぐ来るとしたら、階段の下を通ることになる。もしかしたら『マクシミリアン』から剣がなくなっていることに気づかれるかもしれない！　今、剣がなくなっていることに気づかれて、下畑に騒がれでもしたら計画が台無しだ」

『わかった、彼らが通る前に急いで戻してくる！』

「走って！」

頼む、ペンタ兄さん。

彼らが階段の下を通る前に、剣を戻してくれ。

携帯電話は通話状態のまま。

廊下を駆けるペンタ兄さんの吐く息が聞こえてくる。

間に合うだろうか。そもそも兄さんが何処にいたのかが問題だ。『マクシミリアン』の近くか？　それとももっと別の場所か？

『シロ、間に合った。まだ彼らは来ていない』

「よし」俺は思わず大声を上げそうになるのを抑えた。「剣を戻したらすぐに離れて」

『任せろ』

そう云った直後、携帯電話の向こうから……


ガランガランドンガラガッシャーン――


「兄さん！」

『やつが倒れた！』

「やつって？」

『「マクシミリアン」！　急いで剣を戻そうとしたら！　倒れてきた！　バランス崩して！』

「何やってんの兄さん！　大事な時に」

ホールのソファに座っていたじいさんたちも、さすがに今の音には気づいたらしく、きょろきょろと周囲を見回している。

『やつらが来る！』

「やつら？」

『「マクシミリアン」！　じゃない！　音野たち！』

「逃げて！　隠れてっ」

『でも音野がバラバラのまま、じゃない！『マクシミリアン』がバラバラのまま！』

「いいから隠れるんだ、兄さん！」

『わかった！』

携帯電話を通じて、ペンタ兄さんがそそくさと何処かに身を隠す衣擦れの音が聞こえてきた。

『大丈夫だ、無事隠れた』

「音野たちは？」

『ちょうど彼らの姿が見える……今「マクシミリアン」のところに到着した。ケータイのライトで「マクシミリアン」を照らしてる……怪訝そうな顔つきだ……屈み込んで調べてる……やばいっ、こっち見た』

「兄さん？」

『たぶん見つかってない。「マクシミリアン」をそのままにして歩き始めた……』

「まだ隠れてて」

『あれ？　新しい客の片方、何処かで見たことがあるぞ』

「知り合い？」

『いや、そういうんじゃなくて……テレビとか雑誌とかそういうので見たような』

「音野の知人だとすれば演奏家か何かじゃない？」

『ううん……あ、あれ、白瀬白夜だ！』

「白瀬？」

『小説家の』

「ミステリ書いてるやつ？」

『そうそう、一度シロに薦めなかったっけ？　なんかすごい名探偵が出てくる小説。推理だけじゃなくて、犯人との格闘、あらゆる乗り物の操縦、そして女子供には優しく悪には厳しいっていう、あからさまなやつ』

「今時そんな探偵もの書いてるのか」

『待てよ……白瀬白夜は実在の相棒をモデルに小説を書いていると公言している。ってことは、あの隣にいるのが——名探偵の音野順？』

「音野？」

『音野！』

「繋がった。そういうことか」

いや、でも待てよ。どうして名探偵の音野順がこんなところに現れる？　別に何か事件が起きたわけでもない。いや、これから俺たちが事件を起こそうとしてはいるが、しかし順序が逆だろう。事件が起きてから名探偵が現れるならまだしも、事件がまだ起きていないのに先に名探偵が現れるなんて。というか音野順というのはキャラクターの名前ではなくそのまま本名だったのか。

「彼らがここに来たのは偶然だ。特に問題にするようなことじゃない」

『でも名探偵だ、俺たちの敵う相手じゃない』

「何云ってるんだよ兄さん。小説のスーパー名探偵が現実に存在するはずないだろ。脚色だよ脚色。本物はどうせ大したことないはずだ」

『うむ……』

「それに名探偵にだって暗闇は平等だ。今、この暗闇の王は俺たちなんだ」

『彼らに勝てるのか？』

「わからない。でも……俺たちは五年も待ったんだ。じいさんにめちゃくちゃにされた人生を、今取り返さないでいつ取り返すんだよ！」

『わかってる』

ペンタ兄さんの声に強みが増す。

「まだ引き返すには早い。進もう」

『わかった。じゃあ、剣を取りに行ってくる。次こそ受け渡しだ』

通話が切れた。

同時に、音野たちがホールに入ってくる。先頭が音野要。次に入ってきたのは安そうなスーツの男。その次がよれよれのカッターシャツの男。新しい二人の客のうち、どちらが名探偵の音野順だろう。前者の方が探偵っぽいといえば探偵っぽいのだが。後者の方はおどおどしていて、指先一つ触れただけで脅えて死にそうな様子だ。

「ただいま戻りました——ところで稲葉さん、私のゲストが今到着しました」

音野要が云う。

「おお、そうか」

「携帯電話のバックライトで失礼します。私は白瀬白夜と申します。例によって道の途中で迷子になってしまいまして……こんなに遅くなってしまいました。すみません」

暗闇の中での自己紹介。

「まあこっちへ来て座りなさい」

「あ、はい。どうも」白瀬は恐縮したように頭を下げる。「音野、君からも何か云った方が」

「あ、えっと……うう」

カッターシャツの男がとても聞き取れなそうな声で呟く。あれが名探偵?

ナイトビジョンがはっきりと彼を映し出す。彼は不安そうな表情で左手を傍の壁にぴったりとつけていた。なんとなく気持ちはわかる。暗闇の中で自分の位置を見失わないようにということなのだろう。しかし音野要と白瀬白夜は、闇に震えている音野順のことなど気にする様子もなく、真っ直ぐソファへ向かって歩いていってしまった。音野順は見事に置いてきぼりである。

困った彼は左手を壁につけたまま歩き出す。

ホールは円形になっているので、彼一人だけどんどんおかしな方向へ歩いていってしまう。真っ暗なので他の者たちは彼の行動に気づかない。

俺はひとまず変な名探偵のことは忘れて、こっそりと闇の中を移動し、テーブルに近づいた。

音野要はまったく目が見えていない状態のはずだが、すんなりとソファまでたどり着き、軽やかに座った。おそらくソファの位置などを記憶しているのだろう。一方白瀬は携帯電話のバックライトを音野要の足元に合わせ、それについていく形でソファにたどりついた。

「わしはいろいろな人間と会ってきたが、小説家は初めてだな」

じいさんが云う。その表情に不気味な陰影が生まれているのは、携帯電話のバックライトが彼に向けられているからだろう。

「そうですか。恐縮です」

白瀬はソファに座って、頭を下げる。

相変わらず名探偵はよちよちとした足取りで部屋をぐるりと回ろうとしている。途中、ステージの段差につまずきそうになったが、どうにかやり過ごせたようだ。おかしくて思わず吹き出しそうになる。

「白瀬さんは、僕の弟をモデルにして小説を書いてくれているんですよ。まさかあの順が、こんな立派に描かれているなんて、兄の僕としては嬉しくて嬉しくて。いつもよれよれのカッターシャツを着ているから、そろそろいい服でも買ってやろうかと……」

音野要が云う。なるほど、音野順は彼の弟だったのか。

面白い。

音野兄弟と稲葉兄弟の兄弟対決というわけか。

「音野順は名探偵なんです」

白瀬が云う。

「名探偵？　ほう、今時そんなもんがいるのかね」

「彼は社会的生物としては最底辺かもしれませんが、名探偵としては一流です」

その一流の名探偵は今、壁を移動中だ。彼はついに窓辺にたどりつき、そこを安住の地と思ったのか、立ち止まった。窓の外を覗いている。外もまた暗黒が広がっている。

「一流というが、どれくらいすごいのかね?」

「それはもう、一言も喋らずに、ただ黙っていても犯人を告発することが可能です」

音野兄が云う。

そんなまさか。

身内のひいき目か。話を聞いていると、音野兄は弟のことをかなり大袈裟(おおげさ)に自慢している。小さい頃近所のなんとかさんちの猫を見つけたとか、そんなどうでもいい事件を、まるで空前絶後の大事件であったかのような口ぶりだ。

「ふむ、では万が一わしが何者かに殺されるようなことがあったら、君の弟は犯人を見つけ出してくれるかね?」

「いいえ、稲葉さん」

音野要は静かに首を振る。

「犯人は見つけられない、と?」

「違いますよ。うちの順なら、あなたが殺される前に犯人を見つけ出して、犯人の思惑を阻止します」

「ふふふ、それは面白い」

じいさんは笑い出す。

笑い事ではないよ、じいさん。今まさにあんたは殺されようとしているんだ。

「しかし……この停電は直らないんですか？」

白瀬が尋ねる。

「電力会社にはもう連絡してある。今復旧中だろう。だが大抵半日はかかるんだ。あいつら、避雷針をうちに立てろと云うんだが、冗談じゃない。避雷針なんか、よその建物についてるべきだろう？　なんでわざわざ高い金を払ってうちに雷を落とさなきゃならんのだ」

「大変な状況のところに押しかけてきてしまってすみません」

「なあに、音野君の友人ならば歓迎だ」じいさんはやたらと音野兄を気に入っているようだ。

「音野君はいつまで日本にいるんだ？」

「明後日（あさって）にはオーストリアへ発（た）つ予定です」

「忙しいのにわざわざ来てもらってすまんな」

「いいえ、オセロ対決はまだ終わっていません。僕は売られた挑戦は買います」

「ほほう、では明かりが戻り次第、対決だな」

どうでもいい会話が続く。

俺は音を立てないように元の場所へ戻った。

『シロ、状況は？』

ペンタ兄さんから着信。

「特に問題なし」

『問題なし？』

「うん」

『鎧のことは？「マクシミリアン」のことは何か云ってないのか？』

「そういえば何も」確かに『マクシミリアン』が倒れてバラバラになっているところを彼らは見ているわけで、そのことに何も触れないのはおかしいといえばおかしい。「あれ、そういえば下畑がいない」

『ホールに戻ってないのか？』

「うん、そっちは？」

『見てないぞ。「マクシミリアン」を片づけてるんだろうか？』しばらく無言が続く。『現場に来た。下畑はいない。「マクシミリアン」もそのままだ』

「部屋に戻って寝たかな？」

『部屋を調べてくるか？』

「いや、ちょっと待って」

その時、ソファに座っていた石橋が立ち上がり、部屋に戻って寝ると云い出した。

「兄さん、チャンスだ」

『了解、剣の受け渡しだな』

4

石橋がホールを出る瞬間を利用し、俺たちは見事に凶器となる剣の受け渡しに成功した。剣は毛布の中に隠しておく。ついに凶器が手に入った。あまりにもスムーズに済んだので驚いた。

次はこれでじいさんを殺す。

殺害するタイミングは慎重に選ばなければならない。まさか談笑中にいきなり背後から刺殺というわけにはいかない。誰にも気づかれずに殺さなければ、じいさんの屍体を外へ運び出すことができない。

『下畑が今いないなら、じいさんが廊下に出てきたところを俺が刺した方が確実じゃないか?』

ペンタ兄さんが云う。確かにその通りだった。俺たちがわざわざホール内でじいさんを殺す計画にしたのは、ホールの外ではじいさんの傍に必ず下畑がいると予測していたからだ。その状況ではじいさんを殺害できない。どうしたって下畑がじいさんの異変に即座に気づくだろう。だからこそホール内でこっそりじいさんを殺害し、外へ運ぶという面倒な手順を踏むのだ。

そもそもじいさんが必ずホールの外へ出ていくとは限らない。むしろ夜明けまでホール内に残ったままだろう、というのが俺の予測だ。事実、今夜じいさんはまだ一度もホールを出ていない。

「兄さん、計画は変更せずそのままいこう。あくまで俺がやる」

兄さんには任せられない。それが本音だが、口には出さなかった。

じいさんは相変わらず音野兄たちと話をしている。

一方、音野弟はいつの間にかピアノの傍に立っていた。窓辺から声のする方へ吸い寄せられるように歩いていったら途中のピアノにぶつかって途方に暮れた、といった様子である。

『そろそろ三時になるぞ』

ペンタ兄さんが云う。

「焦っちゃだめだ。チャンスは来る」

辛抱強く待つ。

やがて——その時が来た。

「そろそろ眠くなってきたな……少し横になっていいかね」

じいさんがついに折れた。

じいさんはソファの上に横になり、周りにいた音野兄、白瀬、杉岡の三人は配慮するようにテーブルから離れた場所へ移動し、ちょうどステージの縁に腰かけるように並んだ。

絶好の状況だ。

「兄さん、今しかない」

『なにっ、ほんとにチャンスが来たのか?』

ペンタ兄さんの声は怯えている。やはり、いざ殺人という段階になって、兄さんは腰が引けているようだ。

『ちょっと早すぎないか？』

「もうこれ以上は待てない」

『シロ、冷静に状況を確認しろ』

「冷静に状況を確認した結果だよ、今しかない」

今を逃したら何もできずに終わる気がする。

今だ。

俺がやる。

俺がやらなきゃいけないんだ。

俺は剣を手に取った。

ゆっくり立ち上がる。

周囲の状況はナイトビジョンにより手に取るようにわかる。俺の行動に気づいている人間はいない。

いける。

俺は音を立てないようにソファへ近づいた。

じいさんは目を閉じてソファに仰向けになっている。

俺は毛布をそっとじいさんにかけた。

優しく、まるで気遣いでそうしたかのように。

そして毛布をじいさんの口元まで持っていき、そのまま顔まで塞ぐ。これで声を封じる。

俺は剣を逆手に持ち、じいさんの腹に突き立てるべく、振りかざした！

「あの……シロさん」

誰だ、こんな時に話しかけるのは！

「シロさん」

その声は、忌々（いまいま）しい、あの、音野兄。

俺は返事をするかどうか迷う。返事をしたら、声のする場所から、だいたいの位置を把握されてしまうだろう。

俺は剣を振り上げたまま逡巡（しゅんじゅん）する。

刺すのか？

俺、刺すのか？

どうしたらいいんだ？

『シロ！』

ペンタ兄さんの声。

それは俺の背中を押す声なのか？

それとも中止を促す声なのか？

「シロさん、まずは剣を下ろしましょうか」

音野の声。

ちょっと待て、今なんて？

剣を……下ろす？

なんで俺が剣を持っていることがわかる？

見えているのか？

嘘だ、まだ時刻は午前三時、周りは真っ暗。完全に暗闇なのだ。闇であることは紛れもない事実なのだ。

それならどうして？

ソファに寝ていたじいさんが毛布を払い、身体を起こす。

「まさか本当にわしを殺そうとするとはな」

じいさんはやれやれといった顔で呟いた。

じいさんも知ってる？

どうなってる？

何が起きてる？

音野兄がゆっくりと俺に近づいてきて、剣をそっと取り上げる。やはり見えてる。見えていなきゃ剣を取り上げることさえ不可能だ。

でもどうやってこの暗闇を、この俺の暗闇を征服したのだ？

俺には今、音野兄や、他の者たちの顔がはっきり見えているから断言できるが、彼らは俺と同じようなナイトビジョンを使っているわけではない。

俺は音を立てないように数歩下がる。

そのまま闇の中へと逃げていく。

音野兄の目は俺を追っていない。

やはり彼には見えてない。

「君たちが何を企んでいるのか……まあ殺人だろうとは思いましたが、誰を狙っているのか、それもわからなかったんですけど。やはり慎太郎さんでしたか」

「シロ、そこにいるのか？　もう逃げられんぞ」

じいさんが声を上げる。だがその方向に俺はもういない。俺は壁に張り付くようにしてゆっくりと彼らから距離を開けていた。

「どうも君は暗闇の中でも目が見えているようだ」音野兄が云う。「あれかな……暗視装置みたいなものを使っているんだろうね」

ばれてる。

俺は素早くヘッドギアを外し、ナイトビジョンを窓辺のカーテンの裏に隠した。

一瞬で何も見えなくなる。

その喪失感と不安といったら……だがこれでいい。

俺はしばらくぶりの闇に目を凝らす。

ナイトビジョンを外して初めて気づいた。

暗闇の中でぼんやりと青白く、蛍光色に光る何かが揺れている……それはさっきまで俺が立っていた場所にあって、やや地面から浮いている。

剣だ。

剣の刃の一部がわずかだが青白く光っている。

ナイトビジョンをつけていたから気づかなかった。

なんてことだ。俺は光る剣を持ってこの暗闇を移動し、じいさんを刺そうとしていたのだ。全部見られていた。こいつらが気づかないはずがない。光る剣が動き出したのを知りつつ、こいつらは知らないふりをして、俺を捕まえるチャンスを待っていたのだ。

「みんな何を云ってるんですか、俺は別に何も」

俺は虚勢を張って云う。

「おや、いつの間にかそんなところまで移動してましたか。やはり暗視スコープか何かを持っているんでしょう？　もし今、君がそれを持っていて、かつナイフでも装備していたとしたら、僕らはとても危険な目に遭う……でもまさか、そんなことありませんよね？」

「ないよ、もちろんだ」

「よかった」

「音野君、本当にこいつ、この闇の中を見通せる目を持っていたのか？」

じいさんが尋ねる。

「当然です。それが何より、彼らの計画の根幹だったでしょうから。停電は引き金。暗闇が共犯者です」

いうんですか」
「何を訳のわからないことを云ってるんです」俺はしらを切り通す。「俺が一体何をしたって
「だっておかしいんですよ」音野兄は少しずつ俺に近づいてきているようだ。「一緒にホール
に入ってきたはずのペンタさんは何処に行ってしまったんですか？」
「そ、それは……」
『俺はここにいるけど、何か？』
兄さん、云っちゃだめ！
そんなことを云ったら、いることを証明しなくちゃならないじゃないか！
「パソコンか何か使ってるんですか？　ばればれですよ」音野兄は笑って云う。「一体何のつ
もりなんだろうなって、最初から不思議だったんですよ」
「最初から……？」
最初から俺たちの仕掛けに気づいていたのか？
「蠟燭の火が消えた頃、僕がペンタさんにライターを借りようとしましたよね」
『ああ、でも持っていないものはしょうがない』
「持っていないはずはないんですよ。だって、ホールに入ってきた君に、僕が握手を求めた時、
はっきりと君の身体から煙草の臭いがしましたからね。ついさっきまで吸っていたってことは
わかります。僕は煙草を吸いませんが、煙草の臭いがわからないほど鈍感ではありません。ま
あでもその時点では、煙草を吸う人なんだってわかった程度です」

部屋を出る前に吸った煙草だ……この暗闇の中で臭いに関して俺たちはほとんど鈍感だった……

「僕が名指しでペンタさんからライターを借りようとしたのは、そういう訳です。君なら持っていると思ったから。ところが持っていないと云いましたね。おかしいですよね、さっきまで吸っていた人がライターを持っていないなんて。まあ、部屋に置いてきただけかもしれませんが……でもそれより気になったのは、君の臭いが途中からまったく消えてしまったことでした。まるで君はこの部屋にいないみたいだと思いました。でも会話はできる……ふふ、ちょっと変な声でしたけど」

　やっぱりパソコンのスピーカーを通した声はおかしかったのか。いくら暗闇とはいえ……いやむしろ暗闇だからこそ聴覚が鋭くなり、違和感を覚えたのかもしれない。

「どうやらペンタさんはこのホールにいるふりをしている。もうそれは最初から気づいてました。でもどうしてそんなことをしているのか、僕にはわかりませんでした。まあ、何かの悪戯(いたずら)なのかな、程度にしか考えてなかったんですけど」

「そう……ちょっとした悪戯だったんだ」俺は急いで云い繕(つくろ)う。「パソコンの性能チェックというかさ、ちょっとしたサプライズというかさ」

「それならそれでよかったんですけど、ほら、あの鎧……ははは、相当慌てたみたいですね」

「何のことかわかりません」

　俺は云う。

「ちょっと気になったんでね、近くに落ちていた剣の切っ先で僕の指を切って、血をつけたんです。僕の指は一本一千万、腕全体で一億の保険がかけられているんですけど、この場合はやむをえません」

彼がにやりと笑ったのが、口調からわかる。まったく笑えない。

「冗談ですよ、面白かったです?」音野兄の口ぶりはだんだんと明るくなってきた。「剣の血は一度拭き取って、そこにルミノールの検査液を垂らしておきました。ちなみにそれは白瀬さんの持ち物です。さすがミステリ作家、そんなものまで持ち歩いているんです……というかそんなものを持ち歩いていたからこそ、あえて剣に血をつけてみたんです」

ルミノールは血中のヘモグロビンに反応して暗所で青白い蛍光色を発する。刑事ドラマでも有名なアイテムだ。手に入れるのも難しくない。剣がぼんやりと青白く見えたのはルミノール反応だったのだ。

「そしたら! 案の定光る剣が扉の隙間から飛び込んできました。なるほどペンタさんが外から持ってきたんですね。それにしても、ペンタさんも君も、剣のルミノールにまったく気づかなかった。ホールにいる人たちには、もうびっくりするほどはっきりと、その蛍光色が見えていたんですけどね」

「いや……そんなことない……」

「僕は考えました。どうして君たちにそれが見えなかったのか。まあ、すぐにわかりましたけど。ずばり君たちは視界がクリアだった。君たちが使っていた暗視装置がどのようなものかはわかりませんが、いずれにしても視界がクリアだったゆえに、ぼんやりと血液に反応するルミノールが見えなかったんでしょうね」

「し、知らない、そんなことない」

『そうだ、俺たちは何もしていない！』

スピーカーからペンタ兄さんの声。

「いいえ、君たちは殺そうとしましたよ。慎太郎さんを」

「そうだ！」

じいさんが大声で反応する。

「いい加減なことばかり云わないでくださいよ。確かにペンタ兄さんと、パソコンを使った悪戯はやりましたけど……暗視装置ですか、そんなものを使ったなんて……ありえますか？　そんな大仰なもの使ってどうするっていうんです？」

「僕らがさっき見た通り、暗闇を利用して殺人を犯そうとした、ってことです」

「ふざけたやつだ」じいさんが云う。「さっき白瀬君が携帯電話のメールとやらでわしに知らせてくれたんだ。お前らがわしを狙ってること、そして現場を押さえるために光る剣を見て見ぬふりすること……」

さっき白瀬が携帯電話をじいさんに向けていたのはバックライトの明かりのためではなかったのか。メール画面にメッセージを載せて、声に出さずに伝えていたんだな？

「剣については謝ります」俺は慌てて低姿勢に出る。「廊下に散らばっていたものを片づけないといけないと思って、俺がペンタ兄さんから受け取ったんですけど、この暗闇ですからね、ちょっと振り回しているように見えてしまったかもしれません」

「その云い訳は苦しいぞ。おい、シロ、ペンタ。わしはお前らが捨て身でわしの命を取りに来たことに関しては怒っていない。むしろ認めているくらいだ。狙いは遺産だろう？　それを強引に奪いに来たっていうのなら、わしは誉めてやる。だが、後がよくない。もうお前らは負けたんだ。負けたら素直に認めろ！」

「めちゃくちゃ云わないでくれ。何が暗視装置だ。そんなものがあったらもっと巧くやってるよ」

「うん、確かに不手際が目立ちましたね。鎧なんて……あの慌てよう……」音野兄はくすくすと笑いながら云う。「でも、慎太郎さんの言葉ももっともです。そろそろ終わりにすべきじゃありませんか？」

ふざけるな。まだ終わっていない！

どうせこの暗闇の中じゃ、俺たちがナイトビジョンを使っていたことなんて、誰にも証明できないはずだ。それに闇はまだあと一時間は続く。その隙にナイトビジョンを処分してしまえば……

「認めませんか？」

音野兄が云う。

「認めるも認めないも、みんなおかしなことを云ってるだけ……ねえ、そろそろ部屋に帰ってもいいかな。こんな訳のわからない話し合いはたくさんだ」

「仕方ないですね。それじゃ」

音野兄がポケットから携帯電話を取り出して開くのが見えた。何処かにかけている。

警察か？

次の瞬間。

窓の外から投げかけられる強い光。

それは夜明けにはまだ早すぎる太陽——二つの強力な明かり。車のヘッドライトだった。

どうやら外に誰かいて——おそらく下畑だろう——音野兄の指示でヘッドライトをつけたのだ。

たちまちホール内が明るくなる。俺は眩しさに目を細める。暗黒が取り払われ、すべてが明るみに出る。俺が征服していた闇はもうなかった。

「なるほど……そういえば車のヘッドライトがあったな。気づかなかった」

じいさんは感心している。

「明るくなったから何だっていうんだ。ほら見ろ、俺は暗視装置なんて持ってないぞ？　むしろこの明かりが俺の無実を証明してくれたじゃないか！」

「確かに何も持ってませんね」

白瀬が云う。

「うん、確かに……まあでも、後のことはすべて、彼が証明してくれます」

音野兄は、優雅に手を広げて、音野弟を示した。

音野弟はピアノの傍で不安そうな顔をして立っている。

このいかにも無能そうな名探偵とやらがすべてを証明してくれる？

実に笑える。

最後の最後に、俺たちの逆転勝利だ。

音野兄弟の敗因は、兄が弟を過信したこと。見てみろ、この何もできなそうな名探偵とやらを。まるで役立たず、だめなやつ！

「ふふ、一体何を証明してくれるっていうんだ」俺は強気になって云う。「さあどうぞ、何か云ってくださいよ、名探偵さん！」

音野弟は今にも逃げ出しそうな、泣き出しそうな顔で、一歩後ろに引いただけだった。

「ほらどうです、あなたの弟は何も云えない！　これで終わり。さあ、もうこの話は終わりにしましょう」

「ちょっと、ちょっと待って！」

弁護士の杉岡が声を上げる。

「な、何です？」

「彼……誰？」

弁護士の杉岡が音野弟を指差して云う。

「誰？」

じいさんも音野弟を指差して云う。

指を差された音野弟は、さらに後退する。

え？

どういうこと？

「シロさん、どうして彼のことをご存知なんです？」

「どうしてって……」

ああ！

俺ははっとする。

「僕はまだ、彼のことをみなさんに紹介していませんよ」音野兄は音野弟の肩に手を置いた。

「偉大なる名探偵であり僕の弟である音野順です」

「いたのか！」

杉岡が云う。

「いたのか！」

じいさんが云う。

ああ……あの暗闇の中……俺しかやつの姿が見えていなかったんだ……

「順がここにいるということはあえて伏せていました」音野兄はにこやかに云う。「こうして明かりが差した今、彼の姿を見た時、杉岡さんや慎太郎さんのような反応をするのが正解です。ところがシロさんだけは違った。何故（なぜ）か知っていましたね。僕の弟のこと、そして彼が名探偵だってこと」

俺はいつの間にか膝をついていた。

「ね、一言も喋らずに、ただ黙っているだけで、犯人を示してしまったでしょう？」

音野兄は満面の笑みで云った。

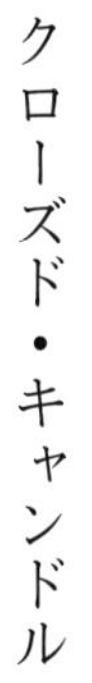

クローズド・キャンドル

1

廊下の途中に、火のついた蠟燭が一本、ぽつんと立てられていた。

家政婦の美千代がその不思議な光景を目の当たりにしたのは、深夜零時頃のことだった。美千代は戸締りを確認するために鈴谷家の屋敷を見回っているところだった。

鈴谷家にはアトリエと呼ばれる部屋がある。建築からディスプレイ・デザイン、モダン・アートまで手広く芸術と名のつくものを手がけてきた鈴谷氏が、手慰みに彫刻を始めた頃によく使用していた部屋である。しかし彫刻趣味は二年ともたず、ほどなくしてアトリエはただの倉庫になった。現在は不用品も整理され、何もない空っぽの部屋になっている。

蠟燭が立てられていたのは、そのアトリエの扉の前だった。

どうしてこんなところに蠟燭が？

美千代は首を傾げ、すぐに思い至る。また鈴谷氏が奇矯なことを始めたに違いない。その蠟燭は鈴谷氏がよく店舗デザインに用いていたものだった。ディスプレイ用の大きなキャンドルで、主にレストランなど、おしゃれな店に雰囲気作りのために置かれる。鈴谷氏は特注の蠟燭をあらかじめ大量に注文し、空調の管理された地下室に保存していた。消耗品なので、いつでも代わりを用意できるように配慮していたらしい。

美千代は急いでアトリエに近づいた。

蠟燭は太く長いので、あと数十時間は燃え続けられそうだった。しかし火をそのままにしておくわけにもいかないので、美千代は蠟燭を吹き消した。

美千代は扉をノックする。反応はない。声をかけてみるが、誰も応えない。扉に手をかける。ところが、ノブは回るが扉が開かない。室内側へ押して開ける扉だが、中で何かがつっかえて邪魔をしているようだ。その証拠に、扉はほんのわずかだけ、隙間もできない程度だが、確かに動く。

誰かが扉を押さえているのだろうか。しかし扉を押した感触は、そういったものとも違う。もっと硬い何かにぶつかる感じだ。

もう一度、声をかけてみるが返事はない。

物騒なことが起きていなければいいのだが。

アトリエには出入り口が二箇所ある。一つは目の前の扉であり、もう一つは室内に入ってちょうど正面に位置する扉である。目の前の扉が開かないとなれば、廊下をぐるりと迂回して、もう一つの扉から入るしかない。

蠟燭といい、開かない扉といい、何かおかしなことが起きているのは確かだ。美千代は胸騒ぎを覚え、もう一つの扉を目指した。確認せずに帰るわけにはいかない。

すぐに扉の前に着いた。ノックしながら声をかけるが、やはり反応はない。こちらの扉も室内側へ向かって押し開けるタイプである。ノブを回し、押す。しかし、さっきとまったく同じように、扉は何かにぶつかって全然開かない。少しだけ無理に押してみるが、がたがたというだけで一向に開く気配はない。

どうやらアトリエが内側から封鎖されているようだ。

いよいよこれは異状事態である。

アトリエには扉はあっても窓はない。つまり二箇所の出入り口が内側から封鎖されているとすれば、誰かが中に立てこもって、バリケードのようなものを築いているとしか考えられない。しかし誰が何の目的でそんなことをするのかわからない。鈴谷氏にしても、今までこれほどまでにおかしな真似をしたことはない。

とりあえず家の者を呼ぼう。

美千代は一度アトリエを離れ、応接間を覗いてみた。鈴谷氏の娘の花澄(かすみ)がソファで本を読んでいた。彼女は昨年、大学を卒業し、今は銀行で働いている。現在鈴谷家にいる人間の中では、もっとも頼りになりそうな人物だった。

美千代は花澄に事情を説明し、二人でアトリエに戻った。

廊下に立てられた蠟燭を見るなり、花澄の顔つきが強張った。早速彼女は扉を開けようとしてみたが、やはり何かにつっかえて開かない。乱暴に扉を叩いて反応を窺(うかが)うが、室内にいるはずの者は沈黙したままである。

次に花澄は扉に肩口を当て、体重をかけて強引に扉を押し開けようとし始めた。彼女の身体ではそれほどの圧力にはならないだろう。美千代も協力して、扉を押し始める。

意外にもあっさりと扉は開いた。

美千代と花澄は勢い余って、バランスを崩しながら二人一緒にアトリエの中に躍り込んだ。

しかしアトリエ内の光景を目の当たりにし、二人は固まる。

無数の蠟燭が、部屋の床一面に立てられていた。

大小様々、長さも一様ではなく、火のついているものもあれば、消えているものもある。それらはすべて、地下に保存されていた蠟燭に違いなかった。

おぼろげな陰影が部屋中に浮かび上がっている。室内の電気は消えていたが、蠟燭の灯り(あか)だけで、広い室内を充分に見渡すことができた。

足元に火のついた蠟燭が横倒しになっていたので、美千代は慌てて屈み込んで火を吹き消した。床はタイル張りのため、さほど危険はないが、倒れた蠟燭を放っておくわけにもいかない。

その蠟燭は、どうやら扉のすぐ内側に立てられており、美千代たちが室内に入った時に倒されたものらしかった。見ると、他にも倒れている蠟燭があり、どうやらこれらが扉を封鎖する形で立てられていたようである。

花澄が蠟燭を避けながら部屋の奥へ向かう。彼女の視線の先には、おぼろげながら、奇妙な祭壇が蠟燭の灯りによって照らし出されていた。

部屋の最奥、すなわちもう一つの扉のすぐ前に、円卓が置かれている。どうやらこれが、あちら側の扉を封鎖していたようだ。

円卓の高さは床からおよそ三十センチ。円卓の周りを取り囲むように、それとほぼ同じ高さの蠟燭が立てられており、そのため円卓が動かせないような状態になっている。いわば蠟燭の柵が円卓を捕らえているかのようだ。ただでさえ大きな円卓がこのような状態では、向こうの扉を開けることなどできなかったであろう。

円卓の上にもたくさんの蠟燭が立てられ、まるで悪魔的な儀式を行なっている最中であるかのように見えた。円卓の面の広さは直径にして二メートル弱はある。蠟燭の配置の仕方によっては、いかようにも魔方陣を描くことができただろう。事実、蠟燭は一見すると幾何学的に配置されているようにも見える。しかし美千代には、その配置にはたしてどんな意味があるのかはわからなかった。

そして円卓の中心辺り、その真上にある照明器具から太いロープがぶらさがっている。

そのロープで男が首を吊っていた。

鈴谷家の主人である。

美千代は目の前の異様な状況に、悲鳴を上げることさえ忘れていた。想像を絶する現実に思考が追いつかず、呆然と立ち尽くすことしかできずにいた。

花澄は蠟燭を避けて円卓に上がり、鈴谷氏の首もとに触れた。小さく首を振る。それを見て美千代は状況を察する。

花澄は鈴谷氏の首からロープを外そうとしていたが、一人では無理なようだった。美千代は力を貸すために急いで円卓に近づいた。その際に、足元にあった短い蠟燭につまずいて倒してしまった。火はついていなかったので、そのままにして、円卓に上がる。

二人が協力しても、鈴谷氏を下ろすことはできなかった。とりあえず美千代は救急車を呼びに、花澄は植木バサミを取りに行くことにした。

美千代は円卓を降りると、さっき倒してしまった蠟燭を拾おうとした。屈み込んだ時、ふと気になって円卓の下を覗いた。そこに短い蠟燭が数本、立てられていることに気づいた。火はついていない。どうしてこんなところにまで蠟燭が立てられているのだろうか。美千代は疑問に思ったが、まずは緊急電話をかけるためにアトリエを出ることにした。

美千代は電話で救急車を呼んだ後、アトリエには入らず、植木バサミを取りにいった花澄が戻ってくるのを待った。その際に、扉の表面に煤(すす)けた黒い跡を見つけた。さきほど無理に開けようとした時に、蠟燭の火が近づいたためだろう。

花澄が戻ってきたので、美千代は一緒にアトリエに入った。花澄は早速円卓に上がると、持ってきた植木バサミでロープを切断した。美千代が鈴谷氏を抱える予定だったが、当然抱えきれず、そのまま円卓上に横たえる形になってしまった。円卓上には、ちょうど鈴谷氏を横にできるだけのスペースがあった。

まもなく救急車とパトカーが到着し、鈴谷氏の死亡がその場で確認された。

後日、警察は鈴谷氏の死を自殺と断定した。

扉を封鎖していた室内の蠟燭は、扉を閉めた状態でしか立てることができない。つまり室内で死んでいた鈴谷氏だけが蠟燭を置くことができたのである。なお封鎖された扉以外に、窓や換気口などの出入り口はまったくない。また、美千代と花澄が部屋に入った時点で、室内には誰もいなかった。アトリエはほぼがらんどうの状態で、人の隠れられる場所などは存在しない。唯一、円卓の下の隙間が怪しいが、これも美千代がたまたま確認したことによって、誰も隠れていなかったことが判明している。

これらの状況から、鈴谷氏は室内に蠟燭を並べた後、円卓の上に乗って照明器具にロープをかけて首を吊り、自殺したと結論づけられた。

2

私がよく通う図書館の横に、謎の土地がある。周囲をぐるりと高い塀で囲まれていて、中の様子を窺うことはできない。塀に沿って一周してみたことがあるのだが、その広さといえば尋常ではない。携帯プレイヤーで音楽を聴いていると、一周する間にアルバムが半分くらい終わっている。塀の向こうには大きな木がたくさん生えていて、内部を隠すように覆っている。

塀の途中に堅固そうな門があるだけで、表札などはなく、誰が住んでいるのか、何があるのかさえわからない。ちなみに門も完全な鉄扉で、隙間から向こう側を覗くこともできない。

周りは住宅街だ。近くにはコンビニがあるし、レストランやレンタルＤＶＤの店もある。そんな中に、得体の知れない広大な土地が、塀に囲まれて、ひっそりと存在するのである。

私は以前から、その土地が気になって気になって仕方なかった。そういう『よくわからない場所』というのは往々にしてあちこちに存在する。都会の真ん中でも、田舎の片隅でも、何処にでも、そういう場所がある。

図書館で働いている人なら何か知っているかと思って尋ねてみたことがあるが、やはり何も知らないようだった。

わからないとなればますます気になる。数人の司書さんたちに話を聞いてみると、幾つかの噂話を知ることができた。いわく、ヤクザの親分が住んでいるとか、新興宗教の施設があるとか。ありそうな話ではある。それらの噂の中で、もっとも印象的だったのは、女の幽霊が住む廃墟がある、というものだった。

小説になりそうな話である。

それから私は時々、謎の土地の周りを散歩しながら、小説の構想を練るようになった。

私は名探偵音野順の助手として、事件の調査などを手伝っているが、普段は小説家として仕事をしている。小説のネタは、実際に起きた事件から着想を得ることが多いが、いつもそんなことばかりしてもいられない。現実に起きた事件には被害者もいるし、傷ついた人たちがいる。その人たちのことを考えれば、むしろ小説として扱えないケースばかりだ。ネタは自分で探すしかない。

その日、私はいつものように謎の土地の周りを歩いていた。時折、思いついた言葉をメモ帳に記しながら、あれこれ考えるうちに、塀の周りを何周かしていた。

そろそろ帰ろうと思った時である。

「ちょっと、お前」

突然背後から呼び止められ、私は振り返った。

ボーイッシュなショートカットの女性が立っていた。上下とも黒いスリムなジャージを着ている。ジョギングの最中だろうか。この辺りは車通りも少なく、彼女のような恰好で走っている者も少なくない。

呼び止められることに心当たりのない私は狼狽しつつ、周囲を見回した。他には誰もいない。やはり私か。

「ここで何してるの」

彼女は鋭い目つきで睨む。彼女が番犬だったら、間違いなく、今にも吠えてやろうとしている顔だ。いや、実際にはもう吠えている状態か。

「いや、あの……普通に歩いているだけです」

「嘘だ。ここをぐるぐると何周もしていた」

ここ、というのは塀に囲まれた土地のことだろう。

「考え事をしながら歩いていたので……」

「何かメモしていたな」

「思いついたことをメモしていたんです」

「思いついたこと？」

彼女はますます疑心を募らせたように私を見る。

私はまるで職務質問されているようだった。

「その……つまり私は小説家をやってまして……話のネタを考えるのに時々こうして歩きながらメモをするんです」

「小説家？」

「名刺もあります」私はポケットを探るが、当然ながら仕事で出歩いていたわけではないので、持ち合わせていなかった。「あ、すみません。なかったです」

「やっぱり嘘だ」彼女は警戒するように、私から一歩離れる。「お前を見るのは一度じゃない。このへんをうろついているのを何度も見ている」

「図書館によく行くので、その際についでに周囲を歩いています」彼女が離れたのを見て、私は一歩近づこうとする。「あなたの方こそ、突然なんなんですか？」

「ち、近寄るなっ」

「何か勘違いしてるようですけど、本当に私はただの小説家です。白瀬白夜（しらせびゃくや）って名前、聞いたことありませんか？」

「ない！」

「そうですよね。そうだと思いました」

「本当に小説家だっていうなら、そのメモ帳を見せてみろ」

「うーん……見てもわからないと思いますけど、まあいいか」

私はメモ帳を差し出す。彼女は手を伸ばしてそれをひったくった。

パラパラとめくり、音読し始める。

『──巨大な斧をロープの先にくくりつけ、もう一方を飛行機の尾翼に結び、そのまま被害者の首を切断し──』……これ、お前……」彼女はぶるぶると小刻みに震えながら、青ざめていく。「さ、殺人鬼!」

「ち、違います! それは推理小説で使うトリックというやつです!」

何も知らない他人に私のメモ帳を覗かれたら、さぞ驚かれるだろうと思っていたが、まさかこんな形でその機会が巡ってこようとは。

「見てきたような図まで描いてるじゃないか!」

「必要なんですよ、図版が」

「こんなおかしな話が小説になるとは思えない」

「私もそう思います」私はメモ帳を取り返そうとする。「もういいでしょう、そろそろ返してください。大事なネタ帳なんですから」

「まだだめだ」

彼女は私から数歩離れると、さらに他のページをめくり始めた。

『かつおぶし──おにぎり──三角──』なんだこれは?」

「連想です。一つの単語から別の単語を連想していくと、その過程でストーリーが生まれるんです。何もないところからプロットを考える時によくやるんですよ。で、その最初の単語が『かつおぶし』」

「プロットってなんだ?」

「あらすじというか、話のネタというか、そういう意味の言葉です」

『かつおぶし』の次に連想する単語が、なんで『おにぎり』なんだ」

「おかかのおにぎりです」

『おにぎり』の次は……『三角——ピラミッド——ミイラ——かつおぶし——音野順——』

……なんなのこれは? なんで『ミイラ』の次が『かつおぶし』?」

『かつおぶし』って、かつおの『ミイラ』っぽいので……」

「その次の『音野順』って」

「うちにひきこもっている名探偵です。おかかのおにぎりが好物なので」

「名探偵?」

彼女の表情がふっと曇る。私に対する敵愾心のようなものが消え、今度は嫌悪感をにじませるような顔つきになった。

「うちの音野をご存知ですか?」

「知ってるわけないだろ」彼女は怒ったように云う。「ただ……」

「ただ?」

「琴宮(きんぐう)とかいう名探偵なら知ってる」

琴宮？

聞いたことのない名だ。

「もしかしてお前、琴宮の知り合いか？」

「いえ、全然知りません」

私は首を振る。

「音野順とかってやつは、ここに来ているのか？」

「彼は家でドミノを並べてますよ」

「じゃあお前は何をしに来たんだ」

「だから、小説のネタを考えていたところで……」だんだんと話がややこしくなってきた。

「私のことはともかく、あなたこそ一体何者なんです？　どうして私に突っかかってきたんですか？」

「教える必要はないね」彼女はゆっくりと後退し始める。「このメモ帳は証拠品だ。預かっておく！」

彼女はくるりと背を向けると、走り出した。

「あ、待って」

「追いかけてくるな！」

「じゃあ止まって。何か困ったことがあるんじゃないんですか？」

「ない！」

「私に任せてください。私ならきっとあなたを救える！」

彼女はぴたりと立ち止まり、振り返った。

「……本当か？」

「え、ええ。本当です」

「でも……お前はただの小説家なんだろ？」

「名探偵の助手でもあります。名探偵に助手はつきものなんですよ。ホームズにはワトソン、ポワロにはヘイスティングス。音野順には白瀬白夜」

我ながらすごいところに名前を並べたものだ。

「お前、信用できるのか？」

彼女と目が合った。

「ええ」

私は力強く肯(うなず)く。

彼女は悩むように俯(うつむ)いた。どうすべきか考えを巡らせているようだ。

「事務所に行って話をしますか？」

事情はよくわからないが、私のことを最初から敵視しているわけだし、いきなりこんなところで打ち明け話もできないだろう。

「じ、事務所？」

「へんな事務所ではないですよ。名探偵の事務所です」

「充分へんだろ。そんなところ行きたくない」

「でも依頼なら正式にそこで……」

「お前に依頼なんかするもんか」

「じゃあわかりました。私は帰りますけど、もし何かあれば」

「待って！」彼女は私の言葉を遮る。「困ってるんだ。もしお前が名探偵とかいうやつらと仲がいいっていうなら、話を理解できるかもしれない……」

「それこそまさに私の領分ですね。名探偵の扱いにかけては、この町では右に出る者はいません」

「じゃあ話すけど……このメモ帳はしばらく預からせてもらう。いいな？　もしお前が悪いやつなら、すぐに警察にこれを持っていく」

「わかりました」

私は殊勝に応える。

長いためらいの後で、ようやく彼女は重い口を開いた。

「私はここに住んでる」

彼女はすぐ横の塀を指差した。

「ここ？」

どうやら彼女は塀の向こう側の住人らしい。

「ちょっと前に、屋敷の中で父が死んだ」

「お父様はどうして亡くなられたのですか？」

「首を吊っていた。自殺ってことになったんだけど、少しおかしな死に方だった。でも警察が自殺と云うんならそうなんだろうって納得してたんだ」

「ふうむ、それで？」

「話はそれで終わるはずだった。ところが二日前、突然琴宮っていう名探偵とやらが現れて、こう云ったんだ。『彼の死は自殺ではなく他殺だ』って。それから面倒なことになった。犯人探しが始まったんだ」

「なるほど、だから私もあなたに疑われたんですね」

「まだお前のことを完全に信用したわけじゃないけど……そもそも私は他殺だってこと自体、本当は信じられないんだ。だって、父が死んでいた部屋は内側から封鎖されていて、誰も出入りすることができなかったんだから」

「密室状況ですか」

「琴宮もそう云ってた。あいつが現れなければ何事もなく終わる話だったのに。あいつは今、屋敷中、あちこち引っ掻き回してる。なかなか帰ってくれない。たぶん犯人を見つけ出すまでいるつもりなんだ」

「あなたが困っているのは、事件のことよりも、その名探偵の存在みたいですね」

「そうなんだ。私たちの静かな生活をよその人間に乱されたくない」彼女は下唇を軽く噛んで云う。「ねえ、もうお前が犯人ってことでいいから、琴宮を追い返してくれないか？」

「そ、それは困ります」

「演技でいいから」

「根本的な解決にはなりません。それよりも、私がその名探偵と話をつけてみますよ」

「本当か？」

「その名探偵に興味もあります」

「じゃあ、私についてこい。今から会わせてやる」

「今から？　随分とまた急ですね」

「だめ？」

「いや、行きましょう」

「頼んだぞ」

彼女は背筋を伸ばして歩き始める。途中で振り返り、思い出したように付け足す。

「まだ云ってなかった。私は花澄。鈴谷花澄だ」

3

花澄は門とは逆の方向へ、塀に沿って歩き始めた。そして突然、何もない塀の前で立ち止まり、白壁に向かって手を伸ばした。すると、壁の一部が横にスライドして開いた。

「こんなところに入り口が？」

「勝手口だよ」

よく見ると、確かにそこだけ戸一枚分ほど窪(くぼ)んでおり、出入り口になっていることがわかる。一見するとただの塀にしか見えないので、私は今までその勝手口の存在に気づかなかった。

「普段から表の門は使わない。好奇の目にさらされるからな」

どちらにせよ好奇の目にさらされる気がするが……

我々は揃って勝手口をくぐる。

すると、いきなり森の中に出た。住宅地に隠された自然。鬱蒼(うっそう)とした森の中に小道があり、うねうねと奥へ続いていた。

塀に囲まれているせいか、外の音はほとんど聞こえず、蝉の鳴き声や、木々のざわめきだけが聞こえてくる。こころなしか気温も五度くらい下がったように感じられた。足元はひんやりとした土で、直射日光に熱せられたアスファルトなどではない。

「こうしよう。私がお前のところの音野とかいう名探偵に依頼しに行き、お前はそれを受けて、調査に来た。それで問題ないか？」

「肝心の音野がいませんけど、まあいいでしょう」

私だけでもなんとかなる。私はそう楽観的に考えていた。

やがて屋敷が見えてきた。

廃墟……そう呼ぶほど荒廃はひどくないが、時代を感じさせる古めかしい屋敷がそびえていた。異人館風の出窓に蔓が絡みつき、今にも屋敷の中まで侵食されてしまいそうに見えた。

「ちょっと待ってて」

花澄は片手で私を制し、一人先に屋敷に入っていった。私は取り残され、ぼんやりと屋敷を見上げる。

その時、窓辺に女の姿が見えた。

ふっと現れ、すぐに消えた。

顔はよく見えなかったが、花澄に似ていた気がする。しかし花澄は屋敷に入ったばかりなので、一瞬で二階の窓辺までたどりつけるとは思えない。それに髪の長さがあきらかに違った。他の住人がこちらを見下ろしていたのかもしれない。

すぐに花澄が戻ってくる。

「とりあえず美千代さんに話をしておいた。美千代さんは、この屋敷で働いているお手伝いさんね。歳は私と少ししか違わないの」

あえて花澄の歳を尋ねはしなかったが、二十歳前後ではないかと思われる。

「問題の琴宮は中をうろうろしてるみたい。見つけ出して、追い出してちょうだい」

「まあまあ」私は花澄を落ち着かせる。「琴宮と話をしやすくするためにも、簡単にお父様の件について教えてくれませんか」

「そうだね」花澄は腕組みする。「そんなに難しい話じゃないんだ。ただ、父が首を吊っていたというだけのこと。それがちょっと特殊な状況だったんだ」

　我々は屋敷に入り、応接間へ向かった。その途中で、ひと月前にアトリエで起きたという出来事について聞く。確かに異様な話だった。部屋の前に立てられていた蠟燭、室内に無数に立てられていた蠟燭、そして扉を封鎖していた蠟燭。祭壇ふうに作られた円卓の上で首を吊っていた男。

　話を聞く限り、自殺以外に考えられないように思う。扉を封鎖していた蠟燭は、発見時も火がついていたらしい。そしてそれらはどうやっても、扉を閉じた状態でしか立てられない。出入り口は二箇所しかなく、そのどちらも蠟燭によって封鎖されていたとすれば、もはや室内の人間がそうしたとしか考えられない。

「どう思う？」

　花澄は私の顔を覗き込むようにして尋ねる。

「完璧な密室ですね」

「でしょう？」花澄は組んでいた腕を解いて、今度は腰に当てる。「でもなんで蠟燭だらけだったんだろう。確かに父は、仕事で蠟燭を使うことが多かったけど、まさか自分の死をキャンドルで飾るなんてことするはずない」

「何の仕事をしていたんですか？」

「主に建築。あとは内装デザインとか、へんな形をしたオブジェを作ったりとか、デザイン関係をやっていたみたい。蠟燭はディスプレイ用としてよく使っていたみたい。最近は悪魔がどうとか、天使がどうとかいう宗教じみたテーマに凝っていて、蠟燭の宗教性についても考えていたみたいだけど……」

確かに日本でも西洋でも蠟燭は古代から宗教的な儀式に用いられてはいるが、自殺のために蠟燭を並べるというのはおかしいように思える。

「お父様が自殺するような理由は？」

「仕事が思わしくなかった、というのが警察の見解らしいけど、そんなのはいつものことだと思う。理由というほどの理由はないんじゃないかな。でも、ちょっとした思いつきで自殺するような人間ともいえるかな。エキセントリックというか、わけのわからないことを時々するようなことがあったから。その辺の木を突然金色に塗り始めたりとか、落とし穴をあちこちに掘ってみたりとか」

「じゃあ蠟燭を部屋中に立てて自殺することもあり得る……と？」

「そんな気もするし、そうじゃない気もする。はっきり云わせてもらえば、どっちでもいい。とにかく、平穏な日常が戻ってくれれば」

いずれにしても、その異様な出来事は名探偵を呼び寄せる事態にまでなった。はたして、鈴谷氏の件は、琴宮の云うように自殺ではなく他殺なのだろうか。他殺だとしたら、どうやって？　犯人は？

私はちょっとした野心を抱く。もしここで琴宮よりも先に謎を解き明かしてしまえば、事件は終結し、琴宮を追い返すこともできるのではないか。私は仮にもミステリ作家である。何処の馬の骨ともわからない名探偵にそう劣るとは思えない。

「ちなみに、お父様が亡くなった日に、この屋敷にいたのは？」

「私と美千代さん、それから居候の従兄。あとは死んだ父だけ」

「だけ？　他には？」

「いないよ」

ということはさっき私が二階の窓辺に目撃した女性は、美千代だったのだろうか。

「美千代さんは今どちらにいましたか？」

「応接間にいたけど？」

「それじゃあ、二階にいたあの人は……？」

「何云ってるの？　二階には誰もいないよ」

私は幽霊を見たのか？

数ある噂の中でも、一番なさそうな話が本当だということだろうか？　確かに幽霊の一人や二人歩いていてもおかしくない雰囲気の屋敷だが……

我々は応接間に入った。

いきなりおかしな場面がそこで展開されていた。

ソファの前で、エプロン姿の若い女性が正座をしている。いや、させられているといった方が正しいだろうか。

ソファにはベストに蝶ネクタイの男。彼は足を組んでソファにふんぞり返っている。彼が名探偵琴宮であることは、彼のまとう独特の空気から感じられた。彼の背後では、眼鏡の青年がメモ帳にペンを走らせている。

「ちょっと！　何があったの、美千代さん」

花澄はエプロンの女性のもとに駆け寄った。

「お嬢様、この美千代、屈辱でありますＪエプロン姿の女性が膝の上で拳を強く握り、震わせる。「琴宮様が、ひざまずけとおっしゃるので、わたくし忍び難きを忍び、こうしてお嬢様以外の方に、正座姿を見せるという醜態を……」

「かわいそうに、美千代さん」花澄は美千代の頭をよしよしとなでる。「どういうつもりだ琴宮！　美千代さんが泣いちゃったじゃないか！」

「聞き分けがないようだから、まずは姿勢を正してもらっただけだ」

やはりベストの彼こそが名探偵琴宮らしい。

「どうせお前が無茶を云ったんだろう」

「とんでもない。私はただ、密室の謎を解いてあげようと云ったんだ」

「琴宮様は、三千万円を支払えば、事件を解決するとおっしゃいました」

えぐえぐと泣きながら美千代が云う。

「さ、三千万？」

花澄の声が裏返った。

「高くないと思うがね。それだけの価値が、この謎にはある」

「ふざけたこと云わないで。誰がお前なんかに払うもんか」

「結構、私は別に構わない。しかしよく考え直してみることだ。君たちを悩ませている問題を解決するには、私の力が必要だってことをね」

琴宮は立ち上がると、正座をしている美千代の前に屈み込んで、指先で彼女の顔を引き上げた。そして意地悪そうな笑みを浮かべる。

「美しいお嬢さん。君はいくらでここに雇われているのか知らないが、おそらく本来の価値より安く自分を売っている。月に十万か、二十万か……私ならもっといい値をつけるよ。つまり——タダだ。私のところへ来ないか？　君の本来の価値を教えてあげるよ」

美千代は顔を真っ赤にして俯いてしまった。

「とっととあっち行けよ！」花澄が琴宮の襟首を掴み上げる。「しっしっ！」

「フフ……そろそろ行こうか、比之彦(ひのひこ)君」

「はい」

比之彦と呼ばれた眼鏡の青年と一緒に、琴宮は応接間を出ていこうとする。

途中、扉の近くにいた私に気づいて、琴宮は驚いたような顔をした。

「おや、君は……」

「はじめまして、琴宮さん」私はいろいろ云いたいことを呑み込んで、大人しく挨拶する。

「白瀬といいます。花澄さんから相談を受けて、伺いました」

「弁護士かね？」

「いいえ、名探偵音野順の助手です」

「ああ、これは光栄だ」琴宮はうやうやしくお辞儀した。「名探偵音野順の名前は名探偵界隈では有名だ。すると彼もこちらに？」

「いえ、まだここには……」

「それなら会う機会はなさそうだ。名探偵は一人で充分。そう伝えておいてくれたまえ」

琴宮は私の肩に軽く手を置くと、比之彦と一緒に部屋を出ていった。

「名探偵界隈ってなんだ」

私は首を傾げながら、花澄のところに向かう。

花澄は美千代を介抱していた。

「大丈夫？　立てる？」

「はい……」美千代はよろよろと立ち上がる。「お嬢様、どうかお許しください。わたくし不覚にも、たった今、あの琴宮様に恋をしてしまいそうになりました！　申し訳ありません！」

「くそー、あいつ、美千代さんを誘惑するとは」

「三千万円用意しろだなんて、馬鹿げてますよ」私は云った。「一体、何が目的なんだろう。本当はただの詐欺師かもしれません」

「屋敷に入れたのが間違いだった。あんなのがずっといたら、遅かれ早かれよくないことになりそうだ。おい、お前。琴宮と話をつけてくれるんじゃなかったのか」

「あ、そういえば」

「そういえばじゃない！」花澄は怒ったように云う。「ほら、早く行ってきてよ。ここから追い出してきて」

「わかりましたよ。でもその前に、密室状況について幾つか質問させてもらっていいですか？」

「なんだ、お前まで名探偵のつもりか」

「いや、話をちゃんと聞いておかないと、琴宮に嘘をつかれて云いくるめられそうなんで」

「頼りないなあ」

我々はソファに向かい合って座った。

「コーヒーを用意いたします」

美千代はそそくさと応接間を出ていった。

「でも詳しくっていったって、もう話すことは全部話したよ」

「お父様が亡くなられた時間……つまり死亡推定時刻については、警察から聞いていますか？」

「ああ、警察にしつこくアリバイについて聞かれたからね。父が死んだのは午後十時で、美千代さんが初めにアトリエの蠟燭に気づいたのが午前零時頃。首を吊ってから発見されるまで二時間くらいしか経ってなかったってことだ。でもさすがに、それだけ時間が経ってたら、助けることはできなかった」

「発見時には、火のついた蠟燭もあったんですよね？」

「半分くらいは火がついていたと思う。正確にはわからない。ただ、途中で蠟が尽きて消えた蠟燭っていうのは、ほとんどなかったんじゃないかな。火のついていない蠟燭は、最初から火をつけられていなかったというか」

「蠟燭は床に直接、蠟を垂らして固める形で立てられていたんですか？」

「そうみたいだね。少なくとも私にはそう見えた」

「どれくらいたくさんありました？」

「とにかくいっぱい。アトリエはかなり広いけど、床一面にあった。気をつけて歩かないとすぐ倒してしまうくらい、かな」

「蠟燭はもともとこの屋敷にあったものだったんですね？」

「父が仕事で使うから、地下に保存していたみたい」

仮に他殺だとしたら、どうやって蠟燭を持ち込んだのか謎だが、最初から屋敷にあったのだとすれば問題ない。そしてそのことを知る人間が犯人とみていいだろう。つまり犯人は内部の人間である可能性が高い。

そもそもこの屋敷は周囲の住宅地から切り離された別世界だ。外部犯はまずあり得ない。もちろん強盗目的や怨恨関係で、外から侵入し、鈴谷氏を殺害したと考えられないわけではない。ただし、その可能性はほとんどないと考えていいだろう。

「お父様が亡くなられた午後十時頃、アリバイのない人はいましたか？」

「ううん。それがいないんだ。その時刻、私も美千代さんも従兄も、みんなここにいたからね」

「応接間に？」

「うん。十一時過ぎまで、みんないた。それからみんな何処かに行っちゃって、私はここで一人で本を読んでいたんだけど。零時くらいに美千代さんが現れて、アトリエが開かないって」

「全員にアリバイがあるんですね」

「間違いない。私は七時くらいからずっとここにいたんだけど、八時にはみんな揃っていたもの」

「ちなみに鈴谷氏は？」

「夕食を終えたのが七時くらいで、その頃に自分の部屋に戻ったみたい。ううん、本当に部屋に戻ったかどうかはわからない。七時以降は何処にいたのかわからないな」

「そのままアトリエに向かって、自殺の準備をしたとも考えられるんですね。しかし、蠟燭は零時まで火がついたままだったということになりますよね。そんなに長く燃えているものですか？」

「何云ってるの。蠟燭の中には五百時間燃え続けるものだってあった。もちろん全部がそうじゃなかったけど」

「へえ、ディスプレイ用の蠟燭って、そんなに長持ちするんですね」

「そうだよ。だから太いのや長いのがたくさんあったんだ」

「遺体の周辺にあった蠟燭は……つまり円卓の上に立っていたやつや、その周りの蠟燭に関しては、火がついていなかったんですか？」

「うん。自殺する時、自分の身体に火が燃え移らないようにしたんじゃない？　もっともだ。

「実際のところ、私たちにアリバイがあろうとなかろうと、関係ないと思う。だって、アトリエには誰も入れないんだよ。部屋の中で死んでいた父しか、蠟燭を立てることはできなかったんだから」

やはり自殺なのか。全員にアリバイがあり、しかも現場は完全な密室。部屋には窓もないし、秘密の抜け穴があるとも思えない。

あるいは部屋の外から、扉を閉じたまま室内に蠟燭を立てる方法でもあれば話は別だが。隙間もない部屋に、どうやって蠟燭を立てるというのだろう。

「じゃあ、ちょっと琴宮たちのところへ行ってきますね。話をしてみます」

「頼んだぞ」

「彼らは何処に行ったんでしょう？」

「アトリエじゃないか？　美千代さんに案内させるよ。あ、ちょうどいいところに来た。美千代さん、アトリエまでこの人をつれてって」

「承知いたしました」

美千代は淹れてきたばかりのコーヒーをテーブルの上に置くと、私の前に立って歩き始めた。

「花澄さんは来ないんですか？」

「別に行かなくてもいいだろ」

そう云うと彼女は何処かに行ってしまった。

私は大人しく美千代の後について、アトリエへ向かう。問題のアトリエは、屋敷の奥まった場所にあり、あまり人の行き来しないところだという。

長い廊下を何度か曲がって、ようやくアトリエにつく。

美千代はいきなり床を指差した。

「この辺りに蠟燭が立てられていました」

扉の前に、直径五センチほどのはっきりとした汚れが見て取れた。蠟を垂らして、蠟燭を立てたとすれば、ちょうどこんな跡が残るだろうか。化繊の絨毯なので、蠟の熱で溶けてしまったのだろう。

扉は室内側に向かって押して開ける。そのため、廊下の蠟燭は密室を構成する要素にはなっていない。

「部屋に入ってもいいですか?」

「問題ないと思われます」

扉を開ける。扉には錠は取りつけられていない。鍵のない部屋で密室というのも、なかなか珍しい。その場合、衆人環視の状況での密室というのはよくあるのだが……

蠟燭はもう室内にないらしく、扉はすんなりと開いた。

奥へと広く続く縦長の部屋だ。花澄たちはここをアトリエと呼んでいたが、それらしい美術用品は何もない。鈴谷氏が死亡した時にはすでに、がらんどうの部屋になっていたらしい。

アトリエには先客がいた。琴宮たちである。

「おや、また会ったね」

琴宮は我々に気づくと、つかつかとこちらに歩み寄り、私を素通りして、廊下に立っている美千代の手を取った。美千代はまたしても顔を真っ赤にして、何処かに逃げていってしまった。

「やれやれ、うぶなお嬢さんだ」

琴宮は肩を竦(すく)める。

「琴宮さん、あなたは事件を解決するのに高額な金銭を要求するんですか？」

「当然だろう？　私はそれなりの仕事をしているつもりだ。考えてもみたまえ。犯人は自分の人生を懸(か)けて不可能犯罪に挑んだ。私はそれを受けて立つ者。人生を懸けて闘う者に三千万はむしろ安すぎると思うがね」

「依頼されたわけでもないのに？」

「わかっていないね。私が関わる事件は、ほとんど『依頼者』などあり得ない。なぜなら、私だけが真実に気づいてしまうからだ。今回の件だってそう。関係者全員が、単なる自殺だと考えている。真実に気づいたのはこの世で私だけ。ここで行なわれたのは……」云いながら彼は両手を広げる。「自殺ではない。密室殺人だ。自殺としか考えていない人間には、私に依頼したくともできないだろう」

「どうして密室殺人だと気づいたんですか？」

「新聞記事だよ」

「え、それだけ？」

「それだけで充分だ」

「現在どの程度解決できているんですか？」

「もうほとんど解決できている」

「密室は？」

「あとは実験で実証してみせるくらいだな」

「犯人は？」

「わかっている」

自信たっぷりに云う。さすがだ。うちの音野とは自信の度合いが比べ物にならない。名探偵というのは元来こういうものかもしれない。さすがにここまでくると嫌味だが、それも名探偵らしさといえるだろう。

「じゃあ、もうここにいる必要はないんじゃないですか？」

「皆を集めて説明しなければならないだろう」

「今からしてください」

「まだ解決料を受け取っていない」

「三千万なんて本当に払ってもらえると思っているんですか？」

「さあ、それは彼女次第といったところか」

彼女というのは花澄のことだろうか。

「白瀬君、君には同業者のよしみで、ある程度真相を教えてあげてもいいけどね。私がたどりついた真実について」

「本当ですか?」

「嘘だ」

琴宮はにやりとする。

「……名探偵ジョークですか」

「フフ、他人のワトソン君を、名探偵流にからかってみただけさ。来たまえ、教えてやろう」

琴宮は部屋の奥へ大股で歩いていく。比之彦がその後についていく。彼はさきほどから頻りにメモ帳に何かを書いていたが、一体何を書いているのだろう。私は彼ほど細々とメモを取ったことはない。まさか琴宮の喋ったことを一字一句メモしているということはないと思うが……。

「事件があったのはひと月前だ。もう室内は片づけられてしまった。床はタイル張りになっているので、蠟燭の痕跡はほとんど残っていない」

琴宮が突然部屋の中央辺りで解説を始める。

「じゃあ何処にどのように蠟燭が立っていたのか、もうわからないんですね」

「いやいや、実はそうでもない」琴宮は比之彦からメモ帳を受け取る。「当然ながら警察が現場の写真を撮影していた。それらの写真から、蠟燭が立てられていた位置をだいたい把握できる」

琴宮は私にメモ帳を見せる。そこには部屋の見取り図と、蠟燭の立てられていた位置が×印で書かれていた。

「琴宮さんは警察に知り合いがいるんですか？」

「まあね」

それにしては岩飛警部から彼の名前を聞いたことがない。琴宮の知り合いが、岩飛警部と同じ管轄にいるとは限らないが……警察情報を持ち出せるのだとしたら、もしかしたら本当に名探偵なのかもしれない。

見取り図を見ただけでは、私には真相は見えてこない。

「見ての通り、扉の前に蠟燭が立てられている。第一発見者の話では、扉は開くことは開くが、一ミリの隙間もできなかったという」

私は部屋の入り口まで戻り、扉を確認する。一度閉じてみると、扉の上下ともにほとんど隙間がないことがわかる。

「一ミリ程度でも隙間があれば、直径一ミリの針金を用いて、廊下から蠟燭を立てることは可能だったかもしれない。たとえば『つ』の字型に曲げた針金の先端を輪にして、そこに火のついた蠟燭を嵌め、部屋の外から針金を操作する。慎重にやれば、あるいは蠟燭を室内に置くことはできたかもしれない」

「でも扉を封鎖していた蠟燭は一本だけではありませんし、その道具を使っても無理じゃないですか？」

「そうそう、君の云う通りだよワトソン君。人が通れる程度に扉を開けるのに、邪魔な蠟燭が少なくとも四本はある。これらすべてを、僅かな隙間を利用して置くのは無理だ。いや、そもそもそんな隙間さえなかったのだから、こんな想像をすることも意味のないことだがね」

「蠟燭に火がついていたのは確かなことなんですか？」

「扉を無理矢理開けた時、数本の蠟燭を蹴散らすことになったが、たまたま数本だけ、火がついたまま転がったそうだ。また扉の表面に、煤がついていた。これは扉を開けようとした時に、蠟燭の火が接近し、少しだけ焦がしたものらしい。これらのことからみて、火がついたままだったのは間違いない。火のついていない蠟燭ならともかく、火のついた蠟燭を、何らかの方法を用いて外部から立てるのはまず不可能とみていい」

図1

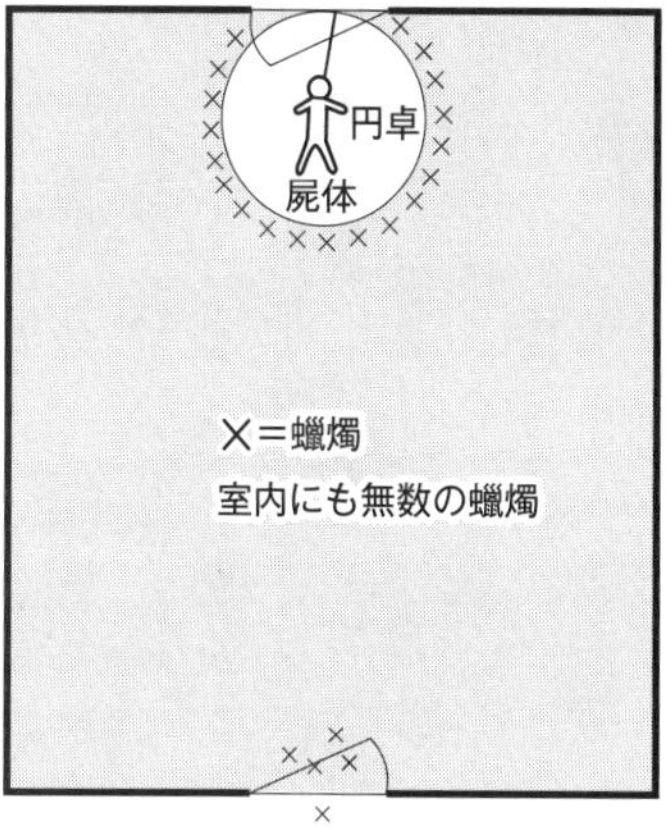

「じゃあ反対側の出入り口はどうなんでしょう」
我々は部屋の奥に移動する。
正面の壁に存在するもう一つの扉。事件発覚時には、扉の前に祭壇めいた円卓が置かれていたという。円卓の上にはやはり蠟燭が無数に立てられていた。そしてさらに、円卓を取り囲むように蠟燭が立てられていた。
「円卓を取り囲んでいた蠟燭は、背の高さが円卓とほぼ一緒。つまりこれらの蠟燭によって、円卓はまったく動かせないような状態になっていた。業務用とでもいうべき蠟燭で、太くて長いものだったらしい。少なくとも五百時間は火がもつという」

さっき花澄が云っていたのはそれか。

「向こうの入り口より、こちらの方がずっと厳重に封鎖されている。こちら側の扉を無理に開けようとしても、開かなかっただろう」

「そうだ。あの照明器具にロープをかけていたんですね？」

「鈴谷氏は円卓の上で首を吊っていたんですね？」

部屋の天井には笠のついた電球がぶら下がって直線状に並んでいる。そのうち扉に一番近いものにロープをかけたらしい。

「円卓を台にして首を吊ったということですか？」

「そのようだ。他に台を用意した形跡はない。被害者のつま先はほとんど円卓に届くような状態だったらしいが、それでも窒息するには充分だ。背伸びして首をかけたのだろう。あるいは首吊りによって頸骨（けいこつ）や背骨が伸びた状態になって、足が届いたのか、そのどちらかと考えられる」

「円卓の上にも蠟燭が立てられていたんですよね？」

「その通りだ。円卓上の蠟燭は、一見すると幾何学的に配置されているように見えたらしい。実際に写真で確認したところ、確かに発見者たちの視点から見た場合、星を逆にしたような配置が窺える。とはいえ、それは星座のように、意味を見出そうとした時にせいぜい見えてくる程度のものだ」

「悪魔の儀式みたいなことではないんですか?」

「フフ……どうかね」琴宮は名探偵スマイルで応える。「円卓の中央部分には蠟燭がなかったようだ。つまりちょうどイケニエを横たえるために、空けてあったかのようだった。しかし……首吊りの台にするのに邪魔だっただけ、とも考えられるがね」

「うーん」私はついに思考がストップし始める。「話を聞いていたら、本当に完璧な密室にしか思えませんね。これが他殺だなんて、考えられませんよ。そりゃ、発見時に室内に誰か隠れていたというのなら話は別ですけど」

部屋を見回すが、人が隠れられそうな場所は何処にもない。窓がないので外には出られないし、身を隠すようなカーテンの類もない。

「蠟燭の灯りが暗すぎて、隠れている人が見えなかったということもないですよね?」

「発見者の目が君ほどの節穴でなければね」

琴宮は嫌味っぽく云う。

「たとえば円卓の下に潜り込んで、発見者の花澄さんたちをやり過ごすとか……」

「ああ、それもない。発見者が円卓の下に誰もいなかったことを確認している。しかし仮に、何者かが円卓の下に隠れていたとしても、その人物は短時間では脱出できないだろう。見たまえ、円卓の周囲にも蠟燭が立てられていた。これでは犯人は蠟燭の牢獄に閉じ込められているも同然だ。ここから痕跡を残さず這い出るには相当時間がかかるが、発見者の証言から、そんなチャンスはなかったと考えていい」

「そうですね……あれ？」私はふと足元の汚れに気づく。「これって、蠟燭の跡じゃないですか？」

「よく気づいた」

扉の周辺に、点々と蠟燭の跡が残されている。

「それは円卓を囲んでいた蠟燭の跡だ。ほとんどの蠟燭は、溶かした蠟だけで床に立てられていたが、一部の蠟燭だけは強度を保つためか、接着剤が用いられていた。あちら側の扉周辺にも、接着剤の跡がある。君は気づかなかったようだがね」

「徹底して扉を封鎖していた、ってことですね」

「それから、円卓の上の蠟燭にも接着剤が用いられていたようだ。これらの蠟燭も直径が十センチはあったようだし、何もせずとも安定して自立できたと思うがね。発見者がこちらのドアを開けようとして廊下から無理に揺さぶった場合、少なくとも円卓上の蠟燭は倒れてあちこちに散らばるだろうから、それを避けようとしたのかもしれない」

「おや、この蠟燭の跡はおかしくないですか？」

私は不審な蠟燭の跡に気づく。それは見取り図上では、円卓の下に位置することになる。痕跡は四箇所ほど見受けられる。ほぼ横一列に並んでいるようだ。

円卓の下にも蠟燭が立てられていた？

「犯人は最初、円卓を置く位置を取り違えたのだろう。あるいは、途中で位置を変えなければならないハプニングが発生したのか」

「どういうことですか？」

「こちらよりも向こう側の方が、出入りに使われやすい。事実、第一発見者も、君も、向こう側から入ってきた。入るなら向こう側なんだよ。つまり、発見者の視点を考えた時、祭壇はこちら側にあった方が、舞台装置として効果的に映えるというわけだ」

円卓を置く位置を最初に取り違えた？

そんなことがあり得るだろうか。

「さて、そろそろ君も名探偵の助手なら、何かわかったことがあるのではないかね？」

私は簡単に負けを認めるわけにはいかず、黙ったままうろうろと周囲を歩いた。扉を開けたり閉めたりして確認する。

「蝶番（ちょうつがい）を外して、扉ごと取り外すなんてことはできないよ」

私が考えたことを先読みされる。

私は意地になって扉の蝶番を確認する。見たところ問題はない。構造的に、廊下側からの蝶番の取り付けなどは不可能のようだ。まして扉の鏡板――つまり一部を取り外してそこから蠟燭を立てるということもできなそうだ。

「フフ、見たまえ比之彦君、あれが名探偵音野順の助手だ」

「フフ」

比之彦は琴宮と似たような笑みを浮かべる。そしてメモ帳に何かを書いた。何を書いたんだよ。

「琴宮さんは、本当にこれだけの情報で密室の謎が解けたっていうんですか？」

「もちろんだ……と云いたいところだが、もう一つの重要な情報を隠すのはフェアではないな。ついてきたまえ、白瀬君」

琴宮は突然部屋を出ていってしまう。私は慌てて彼の後を追った。

一度廊下を戻り、今度は別方向へ、奥へ奥へと進む。窓の位置が悪いせいか、急に辺りが暗くなり始める。やがて闇の向こうに、古い木製の階段が見えてきた。たとえるなら学校の七不思議の一つに出てきそうな、子供ごころにトラウマを植えつけそうな階段である。

しかし異様なのはその古さではない。板や、壁などに、奇妙な数字がたくさん書かれているのである。それは無意味な落書きのようでもあり、高尚な数式のようでもある。鉛筆やマジック、カラーペンなども用いられているようだ。

階段を上るたびに、目につく数字が増えていく。

次第に、壁一面、びっしりと、数式で埋まる。

階段を上りきった先に扉があり、数式はその辺りまで延々と続いていた。

「な、なんですかこれ……」

「開かずの扉だ。開けてはならないそうだ」

琴宮はベストのポケットに両手を突っ込んで、何気ない素振りで答える。

私は扉に近づき、耳を寄せて中の気配を窺った。しかし物音一つ聞こえてこない。

「無駄だよ。まあ、君たち二人で力を合わせれば、そんな扉くらいぶち破ることもできるだろうけどね」

二人というのは、私と比之彦のことか。自分を頭数に入れないところが、いかにも彼らしい。

「これ、事件と関係あるんですか？」

「あるに決まっている。今まで君は何を見てきたんだね」

そう云われても、わからないものはわからない。

私はふと、当初の目的を思い出す。とりあえず琴宮をこの屋敷から追い出さなければならないのだ。

「やはり君は無力のようだね」

「私がだめでも、音野ならきっと、解決できると思います」

「ふうん」琴宮の顔つきが変わる。「それなら今から彼を呼んできたまえ。彼の意見を聞こうじゃないか」

「あ、いや、でも彼は今……」

家にひきこもってドミノを並べているとはさすがに云えない。ああ、うちの名探偵に比べて、目の前の琴宮はなんと名探偵然としているのだろう。

「じゃあこうしましょう。明日、音野をつれてきます。そしてアトリエで再会しましょう」

「時間の無駄だな。今すぐ終わることを引き延ばされてはたまらない。今から私は犯人を捕らえる。猶予はない。それとも、犯人に逃げられたら君が責任を取ってくれるのか？」

「いいですよ。私が責任を取ります」

私は即答する。

「では三千万を君が用意したまえ。君の依頼なら、君の云う通りにしよう」

「わかりました」もはや意地だ。「でもそれは明日、音野が事件を解決できなかった場合にしましょう。音野が解決できるなら、琴宮さんに解決料を支払う必要はないはずですから」

「聞いたな、比之彦君」

「はい」

「決まりだ。明日、決着をつけよう。時間は午前十時、いいかな？」

「いいでしょう。それじゃあ、今日は解散しましょう」

「君がそう云うならね。フフ、三千万の依頼主の話は何でも聞くよ」

琴宮は私に背を向けると、階段を下りていってしまった。去り際に、音野順によろしく、とだけ云い残して。

私は応接間に戻った。

美千代と花澄が何やら話し合っている。

「お嬢様、後生です、三千万円をわたくしにお貸しください！」

「どうしちゃったのよ、美千代さん」

「恋です……彼の愛を勝ち取るために三千万が必要なんです！」

「何云ってるの！　あ、戻ってきた」花澄は私を見るなり立ち上がる。「美千代さんがときめいてしまったみたい。これじゃホストに騙されたＯＬだ、どうしてくれんの」

「それはさすがに私のせいでは……」

「あいつと話はできたの？」

「とりあえず今日は帰ってもらいましたよ。また明日来るみたいですけど」

「それじゃ意味ないじゃない！」

「いや、明日は私も音野をつれてきます。それでこの件は綺麗に片づきますよ」

「本当に？」

「ええ、明日ですっかり終わります」

「信用していいんだな？」

「はい」

「絶対だぞ、絶対明日も来てよ」

「任せておいてください」

とは云ったものの……

本当に大丈夫なのか？

4

仕事部屋に帰ると、玄関にいきなり西洋の鎧が転がっていた。金属の腕や足があちらこちらに転がっており、ちょっとした惨劇である。近くに梱包材が敷き詰められたダンボールがあり、どうやらそれに入れられて届いたものらしい。その鎧には見覚えがあった。『マクシミリアン』だ。

以前、音野の兄に突然呼ばれて出向いた屋敷で事件があった。『マクシミリアン』はその屋敷に飾られていたものだ。

ちなみに例の事件の後、問題の兄弟たちは家を追い出され、別の場所で暮らし始めたらしい。警察沙汰にならなかっただけでも、彼らは慎太郎氏に感謝すべきだろう。殺人未遂の罪で捕まってもおかしくない事件だった。弟の方は就職して働き始めたようだが、兄の方は相変わらず絵描きという夢を追っているらしい。

この『マクシミリアン』はおそらく、当初は音野の兄に贈られる予定だったと思われる。しかし彼がそれを断り、代わりに弟である音野順に贈ってほしいと云ったであろうことは、想像に難くない。事実、ダンボールの配達伝票には『Kaname Otono』と音野の兄の名前が記されていた。

「なんで出したらそのままなんだ」私は玄関を上がるなり、奥にいるであろう音野に向けて云った。「ちゃんと飾れよ！」

「だって邪魔だし……」

音野の声が聞こえる。

「けっこういい値段するはずだぞ」

五十万か、百万か……それでもとても三千万には届かない。最悪の場合、私は三千万円を用意しなければならないのだ。

音野の部屋を覗くと、やはり彼は机の上にドミノを並べていた。音野のドミノは、実はそこそこ高い値段で買ったものだ。全部売れば……せいぜい三万とか、その程度か。

まだ足りない。

「大変なことになったぞ、音野」

「何？」

「解決しなければならない事件がある」

「うん……それで？」

「解決できなかったら三千万だ」

「三千万って？」

「三千万円のペナルティだ」

「な、な、なにそれっ、白瀬、ついにおかしなギャンブル始めたのっ？」

音野の驚きようは尋常ではない。

確かに音野は今まで『絶対に解決しなければならない』というプレッシャーとは無縁だった。いや、それなりにプレッシャーはあったと思うが、絶体絶命というところまで追い詰められたことはない。まあ、今回そのような形になってしまったのは私のせいなのだが。

「気づいたら……約束してた」

「無理、無理っ」

「無理じゃない！　私も無理だ！」

「どうするの三千万なんて」

「『マクシミリアン』を売って……机も売っていいだろ、あとはライトだろ……チェス盤なんてけっこうレアかも……この部屋にあるもの全部売ったら二千万くらいになるんじゃないか？」

「ならないよ！」

「あとはゴロゴロ人形……これだけは手放したくなかった……でも一千万くらいになるなら……」

「ならないって！」

「こうなったら、嘘でもいいから音野に事件を解決してもらわないと困る」

「う、嘘じゃだめだよ……」

「絶対に負けられない戦いだ」

「なんでこんなことになったの？」

私は今日の出来事を音野に話した。事件のことも、現場の詳しい状況も。音野は動揺のためか、最初は落ち着きなく聞いていたが、最後には真剣な顔つきになっていた。

「どうだ、解決できそうか？」

「うーん……」

「ひと月前のことなら、岩飛警部も覚えてるかもしれない。聞いてみよう」

私は早速岩飛警部を呼び出す。

『久しぶりだな。今張り込み中で暇なんだ。面白い話だろうな』

「ちょうど岩飛警部が喜びそうな話がありますよ。実は我々、三千万の借金を背負わされそうなんです」

さすがの岩飛警部も電話の向こうで派手に吹き出した。

『ぶはは、お前ら、最高だな！』

「そこでどうしても知りたいことがありまして……」

『警察情報を知りたいっていうのか。それにしては誠意が足りないんじゃねえのか？　そうだな、一本で許してやる』

「一本？　何ですかそれは」

『誠意だよ、誠意』

「か、金ですか？　……一万円？」

『ゼロが三つ足りねーよ』

「一千万！　これ以上金を取るつもりですか！」

『馬鹿、冗談だよ』

「冗談じゃ済みませんよ！」私は憤慨して云う。「こっちは必死なんですから……それって犯罪ですよ、犯罪」

『いいから早く用件を話せよ』

「ひと月くらい前、鈴谷という人が自殺した件を覚えていますか？」

『鈴谷……？』

「図書館の前にある、やたらと広い土地に住んでる人です。蠟燭だらけの部屋で自殺を図ったということになってると思うんですが」

『ああ、あったな、そんなの。気になって俺も調べてみたんだが、あれは自殺だな。仕事でいろいろと行き詰まってたらしい。それから最近は悪魔だのなんだのと、神経をやられてたっていうんだからな』

「そうなんですか？」

『精神科にも通院していたらしい。眠れないっていうんで、普段から睡眠薬を飲んでいた。遺体からは多量の睡眠薬が検出されてたはずだぜ』

「睡眠薬……それは自殺するために飲んだってことですか？」

『そこまで多量じゃないみたいだが、首を吊る前に飲めば楽に死ねると思ったんじゃないか？まあ、ためらい傷みたいなもんだろう。刃物で自殺する人間には、大抵数箇所にためらい傷が見られる。それと一緒だ。首吊り前に睡眠薬飲んだっておかしくないぜ』

「そうですかね……鈴谷家に何か問題はありそうでしたか？」

『俺はそこまで詳しく調べちゃいないが、虐待に関する通報が何度か警察と福祉施設にあったらしい』

「え？　虐待？」

『鈴谷氏が娘を虐待してる、と。まあ匿名の電話なんで、警察は動かなかったようだ。警察の管轄じゃねえ。福祉施設はどうしたのか知らないな。まあ、調べたところ鈴谷家には成人してる娘しかいねえし、何かの間違いじゃねえのか？』

「そうですよね」

あの花澄が虐待を受けるなんてなさそうだが……

「もし鈴谷氏が殺されたのだとしたら、誰か怪しい人間はいますか？　恨みを持っている人間とか」

『そこまで調べてねえよ……あ、悪いが仕事だ。部屋の電気が消えた。動くぞ……じゃあな、高額負債者』

電話は一方的に切られた。しかし情報を手に入れることができた。やはり岩飛警部は口は悪いが頼りになる。

「──ということだ」

私は今電話で聞いたことを音野に伝えた。

音野は難しい顔で宙を見ている。

「どうだ？　明日の午前十時には屋敷に行かなきゃいけない。それまでに解けそうか？」

「……もしも本当に自殺だったら、どうするの？」

「それなら自殺だと納得させるような証拠を突きつけないといけないだろうな。でも琴宮を納得させるのは難しいと思う。もちろん、論理的に自殺としか云えないのなら、それはそれでオーケーだ」

「事件を解決しても……誰も喜ばないいんじゃない……？」

「そんなこと心配しなくていいだろ」

人のことばかり考えて、自分の主張を封じ込め続けて、音野はこれまで一体どれだけ他人の不幸を肩代わりしてきたのだろう。しかし真実から目を逸らすことだけが、はたして優しさだろうか？

私は琴宮と音野の違いにあらためて憂いを覚える。琴宮なら他人など一刀両断、真実こそ絶対であると断言することだろう。音野が琴宮のようだったら、私も気が楽だったかもしれない。いや、しかし琴宮とはとても一緒にはやっていけそうにないな。音野とはまた違った理由で、イライラしそうだ。

「明日の十時までもう時間がない。今日は徹夜だ。いいな、音野」

「うぐぐ……」

私はとりあえず玄関に転がっている鎧を音野の部屋で組み立てて飾った。何か別のことをしているうちにいい解決法が思いつくかと思ったが、気づいたら鎧の飾りつけに熱中していた。

「なあ、音野、これって『黒死館』っぽくないか？」

「知らないよ、そんなこと」

コンビニで適当に夕食を買ってきて、音野と食べた。思い返せば大学時代はよくこうしてコンビニの弁当で夕食を済ませたものだ。私は額に冷えピタを張ってソファに横になりながら、事件について考えた。蠟燭……蠟燭……どうして蠟燭があんなにたくさん必要だったのだろうか。何のための蠟燭だったのだろう。

そういえば全然原稿書いてないな……

そろそろ書かないとほんとにまずいな。

でもまだ大丈夫か……

いや、そろそろ……

はっと気づくと、窓の外が明るくなっていた。

時計を見ると……午前八時。

ああ！

うっかり寝てしまった！

音野は？

音野は自分の部屋でしっかりと布団を敷いて、ぐっすり眠っていた。

「なんでしっかり？」

「う、うう……？」

音野は寝ぼけた様子で私を見返した。

「事件は？　密室は解けたのか？」

「え？」

「おい、昨日のことは夢じゃないぞ！」

「うう」

「私もうっかり寝てしまったのは悪かったが……さすがにしっかりは寝てないぞ！　大丈夫なのか、音野。私は今からシャワー浴びてくるけど、その間にちゃんと考えておいてくれよ」

私はとりあえず出かける仕度をする。シャワーを浴びて着替えて、時計を見るとすでに九時過ぎ。

音野はまだ布団の中でもぞもぞしていた。

「起きろ起きろ、もう時間がない」

「眠ればもう怖くない……」

「現実を見つめるんだ！　音野！」

音野は完全に眠りの世界に逃げ込もうとしている。

「時間がない。場所は話したからわかるよな？　私だけでも琴宮に会って、話をしてくる。もう少し時間を延ばしてくれるように交渉するから、それまでに、謎を解決してくれ」

「むぐ……」

私は部屋を飛び出した。もうあまり時間がない。不戦敗となることだけは避けなければならない。

鈴谷氏の屋敷まで、走って十分。自動車を停める場所がないので、走っていく。少なくとも十時には間に合うだろう。ただし、肝心の音野が一緒ではないのだが……

塀の前で花澄が待っていた。

「遅い！　もうっ、心配したんだから！」

「ご、ごめんなさい。琴宮は？」

「もう来てる」

「行きましょう」

「ちょっと、もう一人は？」

「体調不良で遅れます」

「なんで名探偵が体調不良なの！」

「そういう日もあるんですよ。まずは琴宮に会って話をしましょう」

我々は屋敷へ入った。琴宮たちはすでにアトリエで待っているらしい。

アトリエの扉を開ける。琴宮と比之彦、そして美千代。美千代は琴宮にべったりだ。

「ああ、美千代さんがすっかり琴宮側に！」

「目を覚まさせて！」

花澄の悲痛な声。

「おや、音野順がいないようだが」

琴宮は目ざとく指摘する。

「あの……まことに申し上げにくいのですが……」私はなりふり構わず低姿勢に出る。「事情があって音野順は……」

「待たないよ」

琴宮がばっさりと切り捨てる。

くそ……

そうだ、媚びてどうする。

ここは音野を信用して、彼のことを待たなければならないのではないか。

「来ます！　必ず彼は来ます」

「来なかった場合には、約束通り君から三千万を頂くが、いいのかね？」

「もちろんだ！」

「いいだろう。ともあれ、まずは先に私が解決編を敢行してしまおうかと思っていたところでね。解決さえしてしまえば、解決料を払えませんなどという道理は通じなくなる。そうだろう？」

「それは、琴宮さんの推理が正しかった場合のことでしょう？」私は強気に出る。「あなたの推理よりも、音野の推理の方が正しい！」

「それは真実が決めること」

琴宮は気障に云ってみせる。

「いいでしょう、聞かせてください、琴宮さんの推理を」

「ふむ」琴宮は軽く身だしなみを整えると、小さく両手を開いた。「さて、お集まりの皆さん。これから鈴谷氏が蠟燭だらけの部屋で殺害された密室殺人事件を、琴宮が解決いたします」

琴宮はエンターテイナーのようにお辞儀してみせる。美千代の眼差しが熱い。

「この事件は非常に謎の層が厚い。何故なら、犯人は密室を構成しながら、アリバイまで確保している。これを崩すのはそう簡単なことではない。しかしそれも私以外の人間にとっては、というだけのこと。まずは密室について解説しよう」

「蠟燭の密室の謎が解けたんですか？」

比之彦が質問する。彼が質問役なのだろうか。

「もちろんだ比之彦君。密室に無数に立てられていた蠟燭。犯人は何故このような密室を作ったのか。理由は幾つかあるが、最大の理由は当然、密室を構成するためだった。扉の前に蠟燭を立て、扉を開かないようにしてしまう。それだけのことで部屋はすっかり密室になってしまった」

「だから、どうやって部屋の外から室内に蠟燭を立てたかってことでしょう？」

「違うよ、白瀬君。そうじゃない。やはり蠟燭は室内で立てるしかないんだ」

「じゃあやっぱり、蠟燭を立てたのは、死んでいた鈴谷氏ということになるんじゃないですか？」

「結論としては、そうとしか考えられないからこその密室だ。でも違う。やはり蠟燭は犯人が立てた」

「一体どういうことなんですか、名探偵様」

美千代が猫なで声で云う。

「結論としては……やはり屍体発見時、犯人は室内にいたのだよ」

「室内に……？　でもわたくし、部屋に入った時に誰の姿も見ませんでした」

「それはそうだ。犯人は扉の後ろに隠れていたのだからね」

「扉の後ろ？」

「何度も確認してきたことだが、扉は室内側に押して開けるタイプだ。開けた時に、扉の裏側が必ず死角になる。犯人はそこに潜んでいたのだ」

「で、でたらめ云わないで！」ついに花澄が声を上げる。「私たちが入った時、誰もいなかった。それだけは確かなんだ！」

「どうだろう？　発見者である二人とも、室内には誰もいなかったと云っている。しかし仮に、そのうちの一人が嘘をついているとしたら、証言は一気に揺らぐと思わないかね？」

「美千代さんが嘘を云っているというの？」

「それは違う。嘘を云っているのは、君だよ。花澄君」

「わ、私ぃ？」

「君は部屋に入った時すでに、ある人物が扉の後ろに隠れていることを知っていた」

「ちょっと、どうしてそうなるの。それに誰が隠れていたっていうの。だって、みんなにアリバイがあるっていうのに……」

「はたしてそうかな?」

琴宮の推理通り、もしも誰かが室内に隠れていたとしたら……その人物は鈴谷氏が殺害された午後十時からずっと部屋に隠れていたのだろうか? いや、そうではない。発見の直前に部屋に入り、蠟燭を置けばいいだけである。しかしやはり、鈴谷氏が死亡した午後十時には、全員が応接間にいたのだと、花澄は証言している。鈴谷氏を殺害するチャンスが誰にもないので、密室を作るタイミングも訪れない。

琴宮は一体何を云っているのだろう?

「諸君、真実を知る覚悟はできたかね?」琴宮は場が静まり返るのを待ってから、続ける。

「では、真相を明かそう」

我々は息を呑んで琴宮を見守る。

「犯人は君だ――花澄君」

「な、な、何云ってんの」指摘された花澄は狼狽する。「だっておかしいでしょ? 犯人の私があらかじめ部屋に隠れていたっていうのなら、美千代さんと部屋に入っていった私は誰なの」

「それこそ、この事件の核。つまりもう一人の君の存在。犯人は君であり――君にそっくりなもう一人の人物――澄玲(すみれ)」

「う……」花澄の顔が青ざめる。「し、知ってたのね!」

「知った、というべきだな」琴宮は勝ち誇ったような笑みを浮かべる。「そろそろおわかりだろう。これは双子の犯行。例によって双子入れ換えトリックだ。ただし、普通の入れ換えトリックとは違って……そう、早業入れ換え、とでもいうべきかな」

「早業入れ換え？」

「まさしく、部屋に突入した瞬間だ。部屋に雪崩込んだ瞬間、花澄は踏ん張ってその場に留まり、代わりに扉の後ろに潜んでいた澄玲が、バランスを崩したように飛び出す。隣で見ていた美千代君でさえ気づかない。瞬間的な双子の入れ換えが行なわれたのだよ」

「花澄さん、双子というのは本当なんですか？」

「……本当」

花澄は認めた。

私は屋敷に初めて訪れた時のことを思い出す。二階の窓辺に見えた幽霊……あれは双子の澄玲だったのか。

「でも信じて！」花澄は私の目を真っ直ぐ見つめる。「私は犯人じゃないっ。澄玲だって、父を殺してない。確かに澄玲にはアリバイがなくって……だから……犯人扱いされたら困るから……」

「だから我々にその存在を明かさずにいたんですか？」

「それもあるけど……もともと澄玲は人嫌いで……なんていうのか、ちょっと変わってて……」

「そう、澄玲は悪魔つきだ」琴宮はさらりと云う。「もっとも私はオカルトの類は信じていない。少なくとも澄玲自身が悪魔つきと信じ、また父の鈴谷氏もそのことについて頭を悩ませていた。最近、鈴谷氏が悪魔をモチーフにしたアートを手がけていたのには、そういった理由がある」

「どうして悪魔つきだなんて……そんなことわかるんですか」

私は云った。

「君も見たじゃないか。あの階段や壁に書かれた文字列。あれは悪魔学における術式だ。君もそろそろ気づくべきだな。何故彼女たちが、世間の目から隠れるように暮らしていたのか。そう、悪魔つきの家系だったからだ」

「そんな！」

「父を殺したのも、悪魔的な儀式のためだ。蠟燭の部屋を作ったのは、自分たちに嫌疑が向けられないようにすると同時に、悪魔の儀式を完成させるためでもあった。事実、儀式は成功したのかもしれないな。こうして完全犯罪として終わりかけていたのだから。しかし残念ながら、悪魔も名探偵には敵わなかったということだ……フフ。犯人は花澄と澄玲、そして双子の入れ換えを使った密室、動機は悪魔学……以上、証明終わり」

琴宮は再びお辞儀してみせた。

「全部でたらめだっ」花澄が云う。「確かに澄玲のことを黙っていたのは悪かったと思う。でも警察はちゃんと彼女の存在を知ったうえで、父の死を自殺と認めているだろ」

「警察が無能だというだけのこと。双子のトリックに気づかなかったのだ」

「その双子のトリックだけど、絶対に無理。だって、澄玲は私よりずっと髪が長いもの！」

花澄はベリーショートで、髪型だけ見れば男の子のようだ。一方、私が窓辺に見た幽霊は、確かに髪が長かったように記憶している。

「そんなもの、ウィッグでいくらでもごまかせる」

「いくらカツラを使ったところで、澄玲が私の髪型を真似（まね）ることはできない」

「では切ればいいだけのこと」

「澄玲は髪を切ってない！　それに……確かに私たちは見た目はそっくりだけど……あきらかな違いが……」

「では今ここに澄玲をつれてきて、証明してもらおう。それができないなら、やはり犯人は君ということになる」

「それは……」

「どうしたんですか」私は花澄に尋ねる。「澄玲さんをつれてこられない理由があるんですか？」

「さっき云ったように……彼女は人が苦手で……他人の前にはけっして出てこようとしないの」

「でも時と場合によるでしょう。無理してでもつれてこないと、あなたが犯人になってしまいます！」

「無理なの、彼女は事情があって、人前には出ないの。ちっちゃい頃からそんなふうになってしまって……それに壁の数字は悪魔学とは何の関係もない……全然関係ないんだから」

「でも澄玲さんをつれてこないと」

私は思わず云い募る。

「無理なんだってば！　そんなことより、お前のところの名探偵はどうなんだ！　こんなピンチに何してるんだ」

「うっ、そういえば……まだかな……はは」

「ごまかすな、早くつれてこい！」

「実は彼も人嫌いで、一人ではとてもこんなところに来られないかな……なんて」

「ということは、どうやら事件はこれで解決ということになりそうだな」琴宮が両手でベストを払うような仕種(しぐさ)をすると、我々の方に近づいてくる。「名探偵、ひきこもっては、ただの人——琴宮、大団円の俳句」

「ま、待って。まだ終わってない」私は慌てて云う。「今からちょっと電話するから」

「もう終わりだよ、白瀬君。さあ、犯人よ、大人しく警察へ行こうか」

琴宮が花澄の手を取ろうとする。

私はとっさに琴宮の手を払った。

「彼女は殺してないっ」

「感情では彼女を助けられないよ。今、この場を動かすのは論理だけだ」

「音野は来ます！」

その時。

扉が静かに開いた。

「あ、どうぞ、こちらです」

髪の長い女性が現れ、誰かを案内する。

「す……すみません」

音野だった。

「音野！　よく来てくれた！」

「あ……う、うん……」

音野はいきなりみんなの視線を受けて、戸惑っている。ただでさえ外に出るのを嫌がるのに、一人でここまで来るのはさぞ大変だっただろう。

信じていてよかった。音野はやればできる子なのだ。

音野を案内してきたのは、花澄そっくりな女性だった。髪が長いので、違いははっきりとしているが、彼女がおそらく双子の澄玲だろう。彼女は眼鏡をかけていて、ずり落ちてくるそれを何度か直しながら、どうぞどうぞと音野を部屋に通していた。その二人の闖入者は、まるで茶の間に通される客と家主といった風情であった。

「澄玲！　大丈夫なの？」

「え？　何が？」

「人、いっぱいいるけど……」

「あ、本当だ」

澄玲ははっとして、こそこそと戸口の向こうに隠れてしまった。その際に、彼女の顔の右半分に、くっきりと古いやけどの痕があるのが見えた。

「この人は大丈夫だったの？　澄玲」

花澄は音野を横目に見ながら尋ねた。

「あ、うん……なんか外を見たらうろうろして困ってる人がいたから……」

同じ波長の人間なら分かり合えるのかもしれない。

「ともかく、つれてきてくれてありがとうございます」私は澄玲にお礼を云う。「しかしこれでわかりましたね。花澄さんと澄玲さんは双子でもはっきりとした違いがある。琴宮さんの云う入れ換えトリックは不可能です！」

あとでわかったことだが、澄玲は幼い頃にストーブでやけどを負い、その頃から人前に顔を出すことを避けるようになったという。そんな澄玲を、花澄はかばってきたというわけだ。

「あの数字はなんなんです？」

姿を隠したままの澄玲に私は尋ねる。

「……数字だけが……友だちなんです……」

「澄玲は難しい数学の証明を幾つも解いているんだから。頭の悪い名探偵さんにはわからないでしょうけど、あれはすごい数式なんだ」

花澄は云う。

音野にとってのドミノみたいなものか。

「振り出しに戻ったと考えるのはまだ早い」琴宮は動揺の気配すら見せない。「たとえば、発見者である美千代君が入れ換えに気づいていながら、気づいていないふりをしていたとしたら？　あるいは嘘の証言をしていたとしたら？」

「わ、わたくしは一切嘘をついておりません！」

「でも君も、双子の存在を隠していたわけだ」

「そ、それは……」

「ここの家の人間は信用ならないな」

「そんなこと云い出したらきりがないだろ！」花澄は呆れたように云った。「で、そっちの名探偵はどんな答えを出したんだ？」

「そうだよ、音野。どうなんだ？　密室の謎は解けたのか？」

「う……ううん……それがまだ……」

はげしい寝癖がぶるぶると震えている。

「ええっ、まだなの？」

花澄は天を仰ぐ。

「でも……一つだけ……教えてもらえれば……」

「何？」

「円卓……テーブルの縁に、蠟がついてなかったかな……って……」

「あ、わたくし、例の円卓を片づける時に、確かに縁に蠟らしいものがついているのを見ました」

　美千代が答える。

「本当ですか……」

「確かに蠟の跡が数箇所ありました。でも、円卓の周りにも蠟燭がたくさん立っていましたので、それらがくっついて擦れただけなのかと思っていました。なにしろ、わたくし何度か扉をぐいぐいと押しておりますので」

「その蠟の辺りが焦げてはいませんでしたか？」

「ええと……焦げていたかもしれません。でもあまり気にしませんでした。なにしろ、周りにはたくさん蠟燭があったのですから」

「わかりました」

「わかったって？」

「密室トリックは……たぶんこれで……解けた」

「解けた？」

「……のかなぁ……？」

「もう解けたってことにしよう。話してくれ」

「う、うん……」

「おっとその前に」琴宮が音野に歩み寄り、彼の手を取って握手した。「はじめまして、琴宮です。どうぞお見知りおきを」

「あ、は、はい……」

「それではどうぞ、今からあなたの時間です」

「ど、どうも……」

「さあ、早く、音野」

「うん。密室は……確かに密室で……扉の前に蠟燭が置かれていたから封鎖されているように見えました……実際、発見者が入った方の扉は……これはもう外から蠟燭を置くことはできなかったと思います。どうやっても、室内で蠟燭を置いたとしか考えられません」

「円卓の方は、もっと厳重に封鎖されていたと思うぞ。何しろ、円卓が扉の邪魔をしているだけじゃなく、さらに円卓の周りにまで蠟燭が立っていたんだから」

「そうなんだけど……でも、実はそうじゃない……案外簡単な方法で、この密室には隙間ができるんです……その隙間を利用すれば、一見不可能な扉の開閉が可能になります」

「隙間？」

「それは……円卓を垂直に立てる……んです」

「え？　え？」

「もっとも……垂直には立たないでしょうから、ナナメの状態になっていたとは思いますが……水平に置くよりは、垂直に立てた方が、占有する面積を大幅に少なくできます。それに、円卓を立ててしまえば、周りにあった蠟燭も関係なく、ある程度動かせる……」

「そっか！　円卓を立てた状態なら、扉を出入りするだけのスペースができるってことか！」

「そうです……もともと円卓は立っていたんです」

「しかし、円卓は丸いから不安定だぞ。ずっと立てたままにはできないだろう。それに脚の長さや、重さのバランスを考えたら、立てようとしてもバタンと元通りの状態になるんじゃないか？」

「うん……だから……まず扉に寄りかからせるようにして円卓を立てて……円の一点が床についている状態で……左右に回転しないよう、その周囲に蠟燭を立てることで防いで……最後に、そのままだと自重でずり落ちて元の水平状態に戻ってしまうから……ストッパーになるような、蠟燭を立てておく」

図２

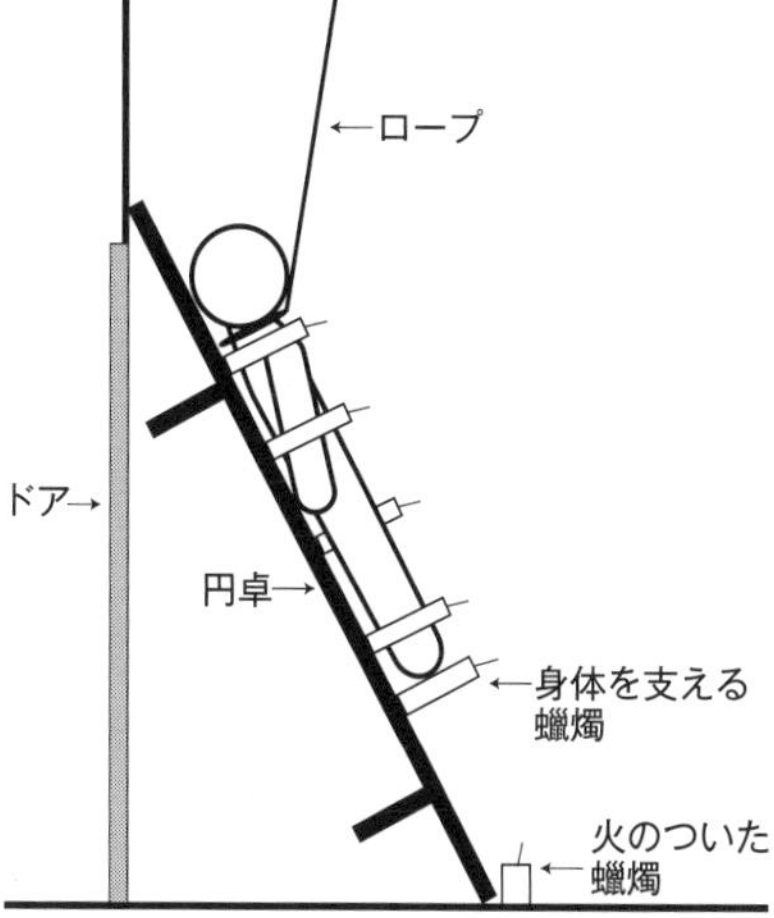

「あっ、それが円卓の下に立てられていた蠟燭か！」
「そう……それは斜めに立てかけられている円卓がずり落ちないように支えていた蠟燭……これは当然接着剤で床にしっかりとつけられていた。折れないような、太い蠟燭が使われて……」
「なるほど、円卓を扉に寄りかからせ、そ

れを蠟燭で固定しつつ、自分はさっと外に出るってことだな？」

「うん」

「で？」

「円卓を支えている蠟燭には火をつけておく……この蠟燭はだんだん短くなる。といっても……強度を考えたら結構太かったと思うから……短くなるのに数時間はかかったはず。そして円卓を支えられなくなるくらいに短くなると……円卓はずり落ちて、水平状態になる。結果として、円卓は扉を押さえる形になってしまい、扉は開かなくなる」

「そういうことか……それなら室外にいながら、密室状態が自動的に完成するな」

「同時に、殺人に関してのアリバイも確保できる」

「どういうことだ？」

「円卓にもたくさん蠟燭が立てられていたでしょう？　あれの意味を考えれば……」

「円卓の蠟燭？」

「あれも一種の支えです……まず接着剤でしっかりとテーブル面に蠟燭を立てたあと、そのまま円卓を立てると……それは突起がたくさんついた板になる……その突起はちょうど……人を支えやすい形に配置されていて……たとえば眠っている人間がずり落ちないように……」

「どういう意味だ？」

「そうして被害者を円卓上に磔にするんです……」

「鈴谷氏を？」

「うん……たとえば、何もないテーブルの上に被害者を乗せて、そのまま垂直に立てたら、被害者は普通にずり落ちてしまう。でも、たくさん蠟燭を立てて、被害者の腕や脇、足なんかをそれで支えたとしたら、ずり落ちずに、そのままテーブル面に磔のようになるでしょう……」

「ああ、だから被害者に睡眠薬を飲ませて、磔状態のままで数時間放置できるようにしていたわけか」

「そう、それで、被害者の首には、ぎりぎりに張りつめたロープがかけられている。そして円卓を支えている蠟燭が溶けると、円卓はずり落ちる。すると同時に被害者の支えもなくなり、首吊り状態になってしまう……」

「自動的に首吊り屍体ができ、同時に密室も完成するのか！」

「そう、蠟燭が溶けるタイミングを知っていれば、アリバイを確保することもできる。ただし、被害者の発見が遅れてしまえば、確固としたアリバイが揺らいでしまう可能性があるので……犯人はあえてアトリエの前に蠟燭を置いて、そこに異状があることを知らせたのです……この蠟燭は、戸締りの時間に必ず目撃されるとわかっていたから……」

「なるほど。これで全員のアリバイが崩れたな」

「しかしアリバイが崩れただけで、犯人を指摘することはできないのではないかね？」琴宮が口を挟む。「その密室トリックを作ったのが、花澄と澄玲の双子ではないとも限らない」

「それはありません」

「どうしてだね？」

「このトリックは、女性には無理です……成人男子を乗せた円卓は相当な重量があり、立てることは難しいでしょう。そもそも女性なら、腕力を必要とするような、こんなトリックは最初から考えなかったと思います。たとえ双子が協力しても、無理だったのではないかと思います。遺体を下ろす時でさえ、女性二人では無理だったそうですし……」

「ということは……」

「犯人は女性ではなく、男性です。つまり、当時屋敷にいた被害者以外の、唯一の男性……花澄さんの従兄……」

「まさか！」

花澄が鋭い眼差しを向けた、その先は。

「比之彦！」

「比之彦君、君か」

琴宮は背後を振り返る。

メモ帳を手にしたまま、眼鏡の青年が硬直している。

というか。

え？

彼が居候の従兄だったのか。

「巧（うま）くいっていたのに！」比之彦は憎悪に燃えた目で琴宮を見つめた。「ちくしょう！　お前が来るからこんなことに！」

「貴様、私の使いっ走りに甘んじているふりをして、私の捜査状況を見張っていたな?」

「今頃気づいたかへボ探偵め。やたら俺に命令してくるもんだから、逆に利用させてもらったよ」

「比之彦……お前!」

花澄は悔しそうに唇を噛みながら睨む。

「おっと、俺が犯人だって証拠はないだろ。証拠がない以上、自殺ってことで片づけていいんじゃないかな? 塀の内側で起きたことなんか、誰も知らないわけだし、まあ、単なる推理合戦だったということで……」

「許さない!」

比之彦に真っ先に飛びついたのは花澄だった。あっという間に比之彦は組み敷かれて、腕に関節技を決められていた。

「痛い、痛い、折れる!」

「折れてしまえ! 罪を白状しないんなら、お前をここで殺して、そのまま自殺ってことで片づけてもいいんだぞ」

「横暴だ!」

「証拠はあるわ」

その声は部屋の外、扉の向こうから聞こえた。姿は見えないが、澄玲の声であることはわかる。

騒いでいた花澄と比之彦は沈黙し、呆然と成り行きを見守っていた我々も思わず黙り込んだ。

なかなか澄玲は先を続けない。

「証拠って、何ですか」

私は先を促した。

「比之彦さんからもらった睡眠薬……薬を特別な配合にしてあるって云ってたわ。眠れないって云ったら、くれたのだけど……もしかしたらこれ、父に飲ませたものと一緒じゃないかしら」

遺体から検出された睡眠薬と、比之彦からもらったという睡眠薬の成分構成が一致すれば、重大な証拠になるのではないだろうか。

「う……うう……」

比之彦はついに嗚咽を洩らし始めた。

「なんでこんなことしたんだ！」

花澄がぐいぐいと比之彦の腕を捻る。

「お前のところの親父が、澄玲ちゃんをいじめるからだよお……」

岩飛警部が云っていた虐待に関する通報は、彼が行なっていたのか。

「いじめって……そりゃ確かに父は澄玲に冷たかったし、学校にも行かせなかったけど……」

「私自身、閉じこもることを望んでいたから」

澄玲は戸口から目だけをこちらに覗かせて、そう云った。

「澄玲ちゃんのために僕はあいつを殺したんだ」

「ためになってないんだよ！」

「でも澄玲ちゃんはいつまでもこんなところにいちゃいけない！」

「うるさい、それは澄玲が決めることだ！　お前が決めることじゃない！」

「痛い痛い、死ぬ！」

「死ね！」

「そこまでにしておきたまえ、花澄君」穏やかな声で琴宮が云う。「あとはプロに任せることだ。悪いが、逃亡の恐れがあるから拘束させてもらうよ、比之彦君」

琴宮はベストのポケットからワイヤーを取り出して、魔法のように素早く比之彦の手足を縛った。妙に慣れた手つきだった。

こうして蠟燭密室殺人事件の犯人は捕らえられた。

「名探偵音野順」琴宮は立ち上がって、音野に手を伸ばした。「素晴らしい解決編だった。こうして出会えたことを幸せに思う」

「あ、あ……はい……」

二人は握手を交わす。琴宮は例によって仰々しいお辞儀をして、音野に敬意を表した。

「それから白瀬君、三千万はいらないよ」彼はにやりと笑う。「名探偵を信じる君のこころは三千万じゃ安すぎる……フフ」

「は、はあ」

なんなんだろうこの人は。

ともかく、万事解決。

私はようやくほっと一息つくことができた。

5

翌日、私は再び鈴谷家を訪れた。昨日のごたごたはすっかり片づいたようである。岩飛警部は「また警察の威信を汚すようなことしやがって」と怒っていたが、真実を裏切ることはできない。それが名探偵たちの宿命だろう。

「いろいろと、その……ありがとう」

花澄は出勤前のスーツ姿だった。見違えるように女性っぽく、かわいらしい。そして昨日よりしおらしいのは、気のせいだろうか。

「いえいえ、私は何もしていません」

「ほんとにね。あなた、がちゃがちゃやってただけで、何の役にも立ってない」花澄は笑って云う。「でも……私たちのことなんかで、ずっと真剣でいてくれたし……それだけでもよしとするよ。ねえ、また来てくれる？」

「いつでも来ますよ」

「本当？」

「もちろんです。なあ、音野」

振り返ると、音野は屋敷の方をぼんやりと見ていた。視線の先には、玄関の扉に半身を隠した澄玲がいた。澄玲は我々に小さくお辞儀し、すぐに屋敷の中に入っていってしまった。

こちらの方も、いずれ解決するだろう。


あれから名探偵琴宮には会っていない。

そもそも彼が最初に「自殺ではなく他殺だ」と指摘したことで、事件が明るみに出て、解決に至ったのだから、やはり彼は名探偵なのだと思う。

彼は何処から来て、何処へ消えたのか。

今頃、何処か別の場所で、完全犯罪に首を突っ込んでいることだろう。

音野順（おとのじゅん）は、優しいから強い

青崎有吾

まずは一読者として「ようやく！」と叫びたい。

本作『密室から黒猫を取り出す方法』は、『踊るジョーカー』の続編にあたる〈音野順シリーズ〉の二冊目で、単行本としての刊行は二〇〇九年。十年以上の時を経て、このたびついに文庫化した。ああ嬉しい。キュートでコミカルなこのシリーズには手のひらサイズの文庫が似合う。

とはいえシリーズの魅力は、かわいさだけではもちろんない。本格ミステリとしての強度・バリエーションも郊外のＩＫＥＡ並みに充実している。短編として枝葉が削（そ）ぎ落されている分、トリックメーカー北山猛邦（きたやまたけくに）の手腕をより濃密に味わえる一冊となっている。

「人喰いテレビ」は、欠損死体と複数の手がかりから導き出されるアクロバティックな推理が見どころ。「音楽は凶器じゃない」のある部分はのちの傑作『オルゴーリェンヌ』のプロトタイプとしても捉えることができ、北山ファンならば注目の一作だ。「クローズド・キャンドル」

は密室トリックもさることながら、意外な犯人に驚愕する。コメディがミスディレクションとして機能している点もうまい。

しかしシリーズ最大の魅力は、なんといっても探偵役、音野順の造形だろう。

音野順とはどんな人物か。前作と今作の描写から拾っていこう。

カッターシャツにスラックスの青年で、白瀬白夜というミステリ作家の仕事場に間借りしている。〈誰も気づかないような真実の欠片を見つける才能〉を持った名探偵でありながら、〈進んで名探偵としての力を発揮しようなどとは考えない〉。というのも彼は超臆病な性格で、人と話すのも苦手だからだ。〈ひきこもりで何事にも自信がなく、草木の陰のひんやりした場所に生える苔のごとし〉。〈一人ぼっちでこそこそしていることが多い〉。趣味はドミノ倒し。運転免許はなく、携帯も持っていない。好物はおかかのおにぎり。いつも寝癖がなおらない。有名な音楽一家に生まれながら、道を外れたという過去を持つ。

事件現場へ向かう途中「もういやだ……うちにいたい……事件なんていやだ……」と駄々をこね、推理合戦に巻き込まれたときは「眠ればもう怖くない……」と現実逃避。解決編では「えっと……えっと……」と控えめに喋り、ギャラリーをイラつかせつつ、それでも見事な推理を披露。解決後は〈ようやく厄介ごとが終わったという徒労感〉とともに帰宅する——音野順は、そんな〈世界一気弱な名探偵〉だ。

一般的な名探偵のイメージとはだいぶ離れたキャラクターだ。そしてこのギャップが、ある重要な問題を読者に提示するのである。

すなわち——

名探偵って、どうしてもやらなきゃだめ？

相棒の白瀬白夜はミステリの掟・伝統・類型に強くこだわる人物だ。彼は音野を名探偵として輝かせたいと考えており、友人をあの手この手でプロデュースする。自身の理想像に沿って喋り方をレクチャーしたり、事務所の調度品を整えたり。「名探偵は使命だよ」というストレートなセリフも登場する（『踊るジョーカー』第三話）。

名探偵として生まれた者が抱える使命、宿運、カルマ、責務——こうしたテーマは現代本格においてひとつのブームとなりつつあり、近年、阿津川辰海（あつかわたつみ）、今村昌弘（いまむらまさひろ）、斜線堂有紀（しゃせんどうゆうき）といった新鋭によって意欲作が書かれている。そして北山猛邦は、この潮流の先駆者といえる。彼はデビュー作から一貫して〝名探偵の使命〟を描いてきた。

これはおそらく、彼が得意とする〝特殊設定〟の副産物として生まれたテーマだろう。誰も見たことのないトリックを成立させるため、いびつな世界を創出する。しかしいびつになればなるほど、作中における探偵行為の意義が問われることになる。個人にとっては重大な殺人も、世界の崩壊や異変に比べれば些細な事象となるからだ。

音野順は終末世界で生きるわけでも山荘でゾンビに囲まれるわけでもないが（そんな状況になったらショック死しそうだ）、彼も〝名探偵の使命〟に縛られた主人公であることは間違いない。本当は探偵なんてやりたくない。家でじっとしていたいのだ。白瀬もそこは察しつつ、でも音野に活躍してほしい。使命と実態との間で日々苦悩する二人。そのジレンマこそがこのシリーズの主題であり、最大の特色だといえる。

表題作「密室から黒猫を取り出す方法」も、ジレンマの物語である。

完全犯罪をもくろむ男が、ばねの力でカンヌキをかけ、窓からばねを回収するという密室トリックを考案する。入念に準備を整え、ターゲットを殺害。いよいよトリック実行……と思いきや、なんとドアを閉じる瞬間、黒猫が室内に侵入。そのまま部屋が施錠されてしまった！男は自作の完璧な密室から黒猫を取り出そうと四苦八苦するはめになる。

作中で起源とも言えるポオにも触れられているように、黒猫はミステリを象徴する生き物だ。〈東京創元社のマスコット〈くらり〉や『このミステリーがすごい！』のマスコット〈ニャームズ〉が黒猫であることにも注目〉。そして物理トリックによる密室もまたミステリの典型である。ミステリの内部に閉じ込められるミステリ。そこから生まれる硬直状態。〝使命〟に縛られた探偵たちの姿が、あるいは〝掟〟の中でもがく作家たちの姿が、重なるようなシチュエーションである。事務所パートで〈毛布を頭まで被り猫のように丸まっている〉と、音野＝猫の比喩が挟まるのも思わせぶりだ。「猫は嫌だなぁ」と同族嫌悪する音野も、黒猫にだけは「不吉な象徴にされるよね」「かわいそうだ」と同情を見せる。

さて、北山猛邦はジレンマをどう打破するか。

作中では、犯人のアイデアを凌駕するようなさらなる独創的トリックによって、密室から黒猫が取り出される。「ちぢこまってんじゃねえ、これが答えだ！」と言わんばかりの力業。それをなぞるように音野たちが抱える問題も、のちの一編において思わぬ止揚にたどり着く。第四話「停電から夜明けまで」だ。

この驚くべき短編において、音野順は探偵としての能動的行動をまったくとらない。捜査も推理も、質問も挨拶も、身振り・手振りすらしない。なのに「一言も喋らずに、ただ黙っているだけで、犯人を示して」しまうのである。音野順が音野順らしくあるままでも、〝名探偵の使命〟が達成される。あまりにも見事なジレンマの昇華。

シリーズにはまだまだ続編があり、第三巻も予定されているようだが、音野順の冒険に第一部・完をつけるとしたら「停電から夜明けまで」がふさわしいのではないかと感じる。ここで示されたのは作者なりのひとつの答えだ。


音野順の内面にもう一歩踏み込もう。

彼が探偵をいやがる根底には、どうやら優しさがあるようだ。『踊るジョーカー』表題作の末尾で、音野は「代償がないと、名探偵なんてやっちゃいけないんじゃないかな……」とこぼす。音野にとって名探偵とは〈他人の運命を破壊する〉仕事であり、彼は誰も傷つけたくないのだ。そこに犯人すら含まれるのでは——と白瀬は懸念する。〈犯人の名を指摘することで被る責任の重圧に、彼は耐えられないのかもしれない〉。

本作の第三話でも、六年前の事件を真剣に捜査する音野の姿が印象的だ。人を駒とする推理ゲームに音野だけは与しない。盤を投げ出しゲームから降り、いやいや、しぶしぶ、本当は俺、やりたくないんだけど……というスタンスを保ちながら、それでもひたむきに事件と向き合う。彼は誰よりも優しいからだ。

普段は楽観的な白瀬も、そうした友人の挙動には敏感である。『踊るジョーカー』第五話の末尾で、思い悩む音野に対し、白瀬は「嫌なら名探偵なんてやめてもいいんだ」と声をかける。

名探偵って、どうしてもやらなきゃだめ？

ヒーローに活躍を強いるのは正しいことなのだろうか。

先述のとおり、本作の刊行から文庫化までは十年以上の間が空いた。そのあいだに日本では〝一億総活躍社会〟なる言葉が生まれた。誰もが活躍できる社会へ、とのことだが、国民全員が活躍を強いられるようでもあり、どうにも重たい言葉である。加えてこれを書いている現在（二〇二〇年十二月）、国内で新型コロナウイルスが猛威を振るっている。政府対応はいまだ積極性に欠け、医療従事者はもちろん、介護従事者も、飲食業者も、観光業者も、キャンパスへ通えない学生たちも、遊び盛りの子どもを育てる親たちも、自助努力を求められる形で――つまり〝活躍〟を強いられる形で、必死に耐えている現状である。

そんな時代に読み返す、世界一気弱で優しい、課された使命に背を向ける名探偵――音野順の物語。

なんだか、救われた気持ちになる。

本書は二〇〇九年、小社より刊行された作品の文庫化です。

検印
廃止

著者紹介 1979年生まれ。2002年、『「クロック城」殺人事件』で第24回メフィスト賞を受賞してデビューする。本格ミステリの次代を担う俊英。著書に『踊るジョーカー』『少年検閲官』『オルゴーリェンヌ』『「アリス・ミラー城」殺人事件』『千年図書館』などがある。

密室から黒猫を取り出す方法
名探偵音野順の事件簿

2021年1月29日 初版

著者 北山猛邦(きたやまたけくに)

発行所 (株)東京創元社
代表者 渋谷健太郎

162-0814/東京都新宿区新小川町1-5
電 話 03・3268・8231-営業部
03・3268・8204-編集部
URL http://www.tsogen.co.jp
モリモト印刷・本間製本

乱丁・落丁本は、ご面倒ですが小社までご送付ください。送料小社負担にてお取替えいたします。

ISBN978-4-488-41912-7 C0193

入魂の傑作短編集

THE FATAL OBSESSION AND OTHER STORIES◆Yasuhiko Nishizawa

赤い糸の呻き

西澤保彦

創元推理文庫

自宅で新聞紙を鷲掴みにして死んでいた男の身に何が起こったのか。普段は弁当箱を洗わない男なのに——。“ぬいぐるみ警部”こと、音無美紀警部のぬいぐるみへの偏愛と個性的な刑事たち、そして事件の対比が秀逸な、犯人当てミステリ「お弁当ぐるぐる」。
閉じこめられたエレベータ内で発生した不可能犯罪の顚末を描いた表題作「赤い糸の呻き」。
都筑道夫の〈物部太郎シリーズ〉のパスティーシュ「墓標の庭」など、バラエティー豊かな本格推理五編を収録。

収録作品＝お弁当ぐるぐる，墓標の庭，
カモはネギと鍋のなか，対(つい)の住処，赤い糸の呻き

大人気シリーズ第一弾

THE SPECIAL STRAWBERRY TART CASE◆Honobu Yonezawa

春期限定
いちごタルト事件

米澤穂信

創元推理文庫

◆

小鳩君と小佐内さんは、
恋愛関係にも依存関係にもないが
互恵関係にある高校一年生。
きょうも二人は手に手を取って、
清く慎ましい小市民を目指す。
それなのに、二人の前には頻繁に謎が現れる。
消えたポシェット、意図不明の二枚の絵、
おいしいココアの謎、テスト中に割れたガラス瓶。
名探偵面などして目立ちたくないのに、
なぜか謎を解く必要に駆られてしまう小鳩君は、
果たして小市民の星を摑み取ることができるのか？

ライトな探偵物語、文庫書き下ろし。
〈古典部〉と並ぶ大人気シリーズの第一弾。